김수영 전집 1

시

김수영 전집

1

시

이영준 엮음

민음사

1938년. 선린상업학교 전수과 3학년 시절
친구 고광호와 함께

1941년. 선린상업학교 앨범 사진

어느 문학 좌담. 왼쪽부터 박두진, 김현승,
조연현, 김윤성, 김수영, 김종문

1955년. 군산으로 문학 강연 갔을 때. 앞줄
중앙에 이병기, 신석정, 뒷줄 오른쪽에 고은

1961년. 막내 여동생 졸업식에서 모친,
부인, 큰 여동생과 함께

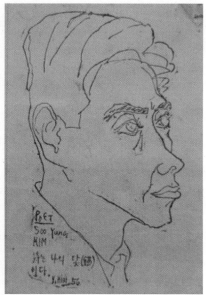

김영주가 그린 김수영 캐리커처

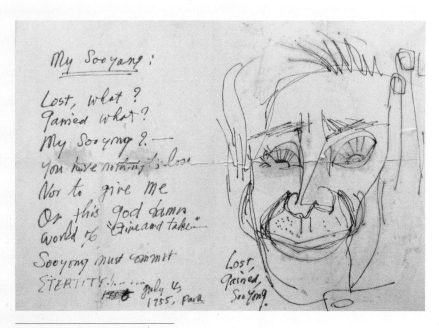

박일영에게 받은 초상과 메모

김수영 시 「사랑의 변주곡」 육필 원고

美濃印札紙 1965·8·15

우리 동네엔 美大使館에서 쓰는 타이프 용지가 없다우

편지를 쓰려고 그걸 사 오라니까 밀용 인찰지를 사 왔드라우

（밀용 인찰지인지 미룡 인찰지인지

사전을 찾아 보아도 없드라우）

편지지뿐만 아니라 봉투도 마찬가지지 밀용지 녁장에

봉투 두장을 四十원에 만사 내가 찢기고 막히는 구료

이것이 편지로 쓴다 四원에 만사 내가 찢기고 막히는 구료

꽉 막히는 이것이 나의 생활의 자연의 시초요

바다와 계장과 美人과 용솟음

남조라 抱負의 미레티·김치는 때애 코와 와도 초 담파와·위거와

김수영 시 「미농인찰지」 육필 원고

2

3

4

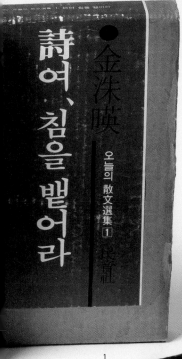

1

5

6

1959년 춘조사에서 발간된 첫 시집 『달나라의 장난』.
시인 생존 당시 발간된 유일한 시집으로,
수록 작품과 차례를 비롯한 편집 전반에 시인의 손길이
닿아 있다.

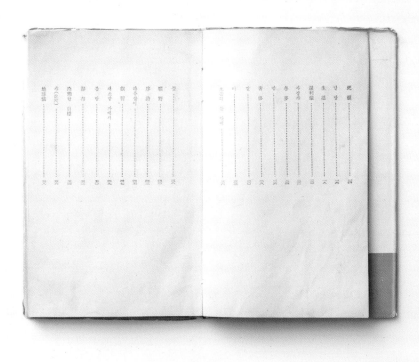

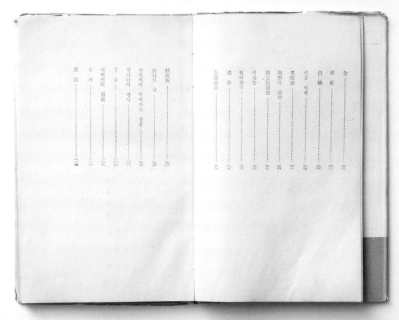

金洙暎詩選
거대한뿌리

오늘의 詩人叢書

1

金洙暎詩選
거대한뿌리

오늘의 詩人叢書

金洙暎詩選

아픈 몸이
아프지 않을 때까지 가자
온갖 식구와 온갖 친구와

2

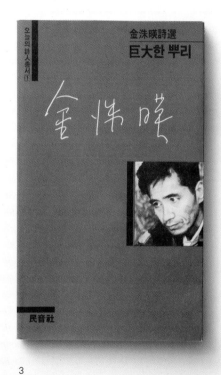

3   4

민음사 '오늘의 시인 총서' 1번은 김수영 시선집 『거대한 뿌리』다.
사진 1은 1974년 출간된 초판본이고 사진 2는 커버를 교체한 판본이다.
사진 3은 1995년 출간된 개정판으로 붉은색이 강조되었다.
현재 독자들과 만나고 있는 표지는 사진 4와 같다.

1   김수영 전집(민음사, 1981) 초판본
2   한문을 한글로 고치고 표지 색에 변화를 주었다.
3   김수영 전집(민음사, 2003) 개정판

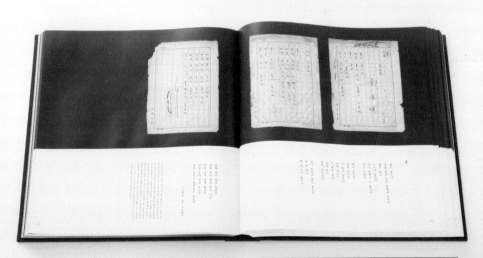

『김수영 육필시고 전집』(민음사, 2009)
기존의 원고뿐 아니라 초고에서 시상 메모까지
현존하는 354편의 육필 시 원고를 모두 담았다.

김수영문학관 2층 전시실.
시인이 생전에 시작(詩作)을 했던
도봉구에 건립되었으며 2013년 11월 27일에 개관하였다.

『김수영 전집』초판이 발간된 것이 1981년이다. 그로부터 22년이 지나 2003년, 한자를 한글로 바꾸고 새로 발굴된 작품을 추가한 개정판이 출판되었다. 개정판으로부터 다시 15년이 지나 3판을 펴내는 심정은 벅차다. 여전히 부족한 부분이 있지만 시와 산문 모두 새로운 작품이 추가되었고 분명한 잘못은 고쳤다. 시인의 사후에 보관된 원고와 출판본을 대조하면서 최종본을 확정하여 여기에 3판을 발간한다.

이 전집에서 현재의 독자를 고려해 원고나 발표 당시의 표기와 달라진 부분이 있다. 김수영 시인이 시를 발표하던 당시의 지면은 모두 세로쓰기를 하던 시절이었으나 초판부터 현재의 3판까지 전집에서는 모두 가로쓰기로 인쇄되었다. 시인이 한자로 표기한 것은 초판에서는 원고를 따랐으나 개정판과 3판에서 모두 한글로 바꾸었고 한자가 필요하다고 판단되는 경우에는 괄호 안에 넣었다. 시인의 표기가 현재의 맞춤법에 맞지 않은 경우에는 현재의 맞춤법에 따랐다. 시작품의 원래 모습을 확인하고자 하는 독자들은 『김수영 육필시고 전집』을 참조하거나 이 시전집의 뒤에 수록된 연보를 참조하여 원본을 확인하기 바란다.

『김수영 육필시고 전집』의 3부에서 확인되는 바이지만, 시인 생존 당시 신문이나 잡지에 발표되었다고 해서 믿을 수 있는 판본인 것은 아니다. 신문이나 잡지의 편집자가 원고의 표기를 고쳐서 출판한 예가 상당히 많다. 그러므로 시인이 직접 작품을 고르고 수록 순서를 정하고 교정을 봐서 출판한『달나라의 장난』은 시인이 심혈을 기울여 완성한 판본이므로 이 전집에서 표기도 고치지 않고 그대로 수록했다. 한 가지 아쉬운 점은 세로쓰기로 된 표기를 가로쓰기로 고쳐야 했다는 점이다.

김수영 시인이 작고한 지 50년이 지나 출간하는 전집판이 여전히 빈자리를 가지고 있는 점은 엮은이로서 당혹스럽다. 특히, 시인이 『달나라의 장난』을 출간할 때 수록하고 싶었으나 원고를 가지고 있지도 않고 발표지도 구할 수 없어 수록하지 못했다고 후기에 밝혀 놓은 두 편의 시, 해방기 신문 《민생보》에 실렸다는 「꽃」과 월간지 《민주경찰》에 발표했다는 「거리」는 아직도 찾지 못한 상태다. 두 작품에 대한 시인의 애착은 제목에서 나타난다. 「꽃」의 후속 작품을 써서 시집에 수록하려고 준비할 때 시 제목을 「꽃2」 「꽃3」으로 표기하였다. 하지만 『달나라의 장난』을 실제로 출판할 때, 「꽃2」는 다시 「꽃」으로 바꾸었다. 「거리」 또한 후속작을 써서 「거리2」로 발표했는데, 시인의 마음속에 「거리」에 대한 자리가 굳게 정해져 있었다는 증거로 볼 수 있다. 이 전집은 그러므로 여전히 두 작품에 대한 자리를 비워 두고 있는 셈이다. 엮은이를 포함한 김수영 연구자들의 분발이 있어야겠다.

2003년 개정판이 나온 이후에 발굴되어 김수영의 시로 알려진 시는 모두 아홉 편으로 「음악」 「겨울의 사랑」 「그것을 위하여는」 「한강변」 「보신각」 「너…… 세찬 에네르기」 「태백산맥」 「연꽃」 「"김일성 만세"」가 그것이다. 이 중에서 「한강변」 「보신각」은 제외했다. 엮은이가 판단하기에 그 두 개의 글은 시가 아니라 짧은 산문으로, 당시 잡지의 앞부분에 실리는 화보의 제사로 실린 글이다. 화가의 그림이나 사진에 짧은 묘사문이 같이 실리는 형식은 1960년대 잡지에 흔히 발견되는 것이다. 행갈이가 되어 있기 때문에 얼핏 보기에 시처럼 보일 수 있는 것이 이러한 결과를 불러왔다고 판단된다.

전집을 꾸리면서 작품 게재 순서를 어떻게 할 것인지 매우 고민했다. 김수영 시인의 시작품은 많은 양의 원고가 남아 있고 대부분의 작품은 작품의 완성일을 알 수 있다. 그래서 탈고일을 중심으로 순서를 잡았다. 하지만 탈고일이 불분명하여 막연히 몇 년도로 추정된 부분이 더러 있는데, 그럴 경우 발표 순서를 따랐다. 그 외에 탈고일도 불분명하고 발표일도 확정되지 않는 경우에는 초판을 만들 때 원고에 표기한 탈고 추정 년도를 따랐고 그 해의 맨 뒤에 몰아서 실었다.

이 전집을 만드는 작업은 엮은이 혼자의 힘으로 되지 않았다. 원고를 대조하는 일에는 김원경 시인이 노고를 아끼지 않았고 까다로운 전집 편집에는 김소연, 박혜진 두 분의 손길이 중요로웠다. 신문과 잡지 더미에서 김수영 시인의 시와 산문을 찾아내서 전집의 형성에 기여한 분들이 한둘이 아니다. 여기에 몇몇 이름을 밝혀 고마움을 표하고자 한다. 현대문학 연구자인 김명인, 박태일, 유성호, 박수연, 방민호 선생은 작품 발굴에 큰 역할을 한 분들이며, 서지학자 오영식 선생은 「묘정의 노래」 발표본을 제공해서 '고요히'를 '고오히'로 수정할 수 있게 하는 등 수시로 엮은이의 자문에 응해 주셨다. 국문학자 전상기 선생은 「판문점의 감상」에 이어 「너…… 세찬 에네르기」 「태백산맥」 두 작품을 《주간한국》 지면에서 다시 찾아내어 이 전집에 수록할 수 있게 해 주셨다. 서지학자 김종욱 선생은 많은 양의 산문을 발굴해서 이 책의 출판에 크게 기여했으며 또한 작품의 수록 지면에 대한 기존의 오류를 수정할 수 있게 확인하셨다. 그 외에도 엄동섭, 이윤정, 문승묵 등의 학자들이 이 전집의 형성에 도움을 주셨다. 이 자리를 빌려 감사드린다. 이 전집을 꾸리는 일에 가장 큰 기여를 하신 분들은 유족이다. 특히 김수명 선생은 원고를 챙기고 한 글자 한 글자를 대조하며 마지막 순간까지 잘못을 바로잡는 편집자의 자세를 놓치지 않으셨다. 소중한 원고를 보존해 왔으며 각종 자료를 모아서 수시로 엮은이에게 전달한 유족의 노고를 독자들은 기억해 주길 바란다.

이 전집의 발간으로 거의 20년을 만져 온 작업이 일단락된다. 김수영 읽기의 새로운 세대가 시작되기를 기대한다.

2018년 새 해를 보며
엮은이 이영준

1 『김수영 전집』 시편은 1981년 발간된 『김수영 전집』 초판본과 2003년 발간된 재판본, 그리고 2009년 발간된 『김수영 육필시고 전집』을 저본으로 하되 시집 『달나라의 장난』에 수록된 작품은 시집을 저본으로 하였다. 그 외 추가로 발견된 미완성 작품을 부록에 수록하였으며, 발표지를 확인할 수 있는 경우는 모두 확인하여 정본을 만들고자 하였다.

2 수록 순서는 창작 연대순으로 하는 것을 원칙으로 하였다. 1945년부터 1950년 사이의 작품은 시인이 정리했다는 초판 편집본의 순서를 따랐다. 탈고일과 발표일이 모두 불분명한 경우는 기존 전집이 추정한 연도를 기준 삼아 해당 연도의 맨 뒤에 배치하였다.

3 이 전집은 독자들의 편의를 위해 맞춤법과 띄어쓰기를 모두 현행 맞춤법 규정에 따라 고쳐서 표기하였다. 원고에 한자로 표기된 글자는 한글로 바꾸었고 필요한 경우에만 괄호 안에 한자를 표기하였다. 다만 방언 및 음역인 경우와 어감이 현저하게 달라질 경우, 당시의 표기를 그대로 살린 대목도 있다.

4 발표된 시의 표기나 행갈이가 원고와 다른 경우는 원고를 존중하였으나 시인이 직접 교정을 본 『달나라의 장난』에 수록된 작품은 시집의 예를 따랐다. 발표 지면에 시인이 교정을 본 자료가 남아 있는 경우 역시 그 교정본을 최종 기준으로 삼았다.

5 본문에 포함된 새로운 시는 「음악」 「그것을 위하여는」 「태백산맥」 「너…… 세찬 에네르기」와 미발표 시 「겨울의 사랑」 「"김일성만세"」 「연꽃」 일곱 편이다.

6 부록에 추가한 시는 미완성작을 수록한 노트에서 정리한 작품이다. 부록에 실린 시는 총 열다섯 편으로, 「애(哀)와 낙(樂)」 「탁구」 「대음악」 「승야도」 「은배를 닦듯이」 「바람」과 제목이 없는 시 아홉 편이다.

차례

묘정(廟庭)의 노래

1

남묘(南廟) 문고리 굳은 쇠 문고리
기어코 바람이 열고
열사흘 달빛은
이미 과부의 청상(靑裳)이어라

날아가던 주작성(朱雀星)
깃들인 시전(矢箭)
붉은 주초(柱礎)에 꽂혀 있는
반절이 과하도다

아―어인 일이냐
너 주작의 성화(星火)
서리 앉은 호궁(胡弓)에
피어 사위도 스럽구나

한아(寒鴉)가 와서
그날을 울더라
밤을 반이나 울더라
사람은 영영 잠귀를 잃었더라

2

백화(百花)의 의장(意匠)
만화(萬華)의 거동의
지금 고오히 잠드는 얼을 흔들며
관공(關公)의 색대(色帶)로 감도는
향로의 여연(餘烟)이 신비한데

어드매*에 담기려고
칠흑의 벽판(壁板) 위로
향연(香烟)을 찍어
백련을 무늬 놓는
이 밤 화공의 소맷자락 무거이 적셔
오늘도 우는
아아 짐승이냐 사람이냐

* 평안도 사투리로 '어디'를 뜻한다.

공자의 생활난

꽃이 열매의 상부에 피었을 때
너는 줄넘기 작란(作亂)을 한다

나는 발산한 형상을 구하였으나
그것은 작전 같은 것이기에 어려웁다

국수―이태리어로는 마카로니라고
먹기 쉬운 것은 나의 반란성(叛亂性)일까

동무여 이제 나는 바로 보마
사물과 사물의 생리와
사물의 수량과 한도와
사물의 우매와 사물의 명석성을

그리고 나는 죽을 것이다

가까이할 수 없는 서적

가까이할 수 없는 서적이 있다
이것은 먼 바다를 건너온
용이하게 찾아갈 수 없는 나라에서 온 것이다
주변 없는 사람이 만져서는 아니 될 책
만지면은 죽어 버릴 듯 말 듯 되는 책
캘리포니아라는 곳에서 온 것만은
확실하지만 누가 지은 것인 줄도 모르는
제2차 대전 이후의
긴긴 역사를 갖춘 것 같은
이 엄연한 책이
지금 바람 속에 휘날리고 있다
어린 동생들과의 잡담도 마치고
오늘도 어제와 같이 괴로운 잠을
이루울 준비를 해야 할 이 시간에
괴로움도 모르고
나는 이 책을 멀리 보고 있다
그저 멀리 보고 있는 것이 타당한 것이므로
나는 괴롭다
오─그와 같이 이 서적은 있다
그 책장은 번쩍이고
연해 나는 괴로움으로 어찌할 수 없이

이를 깨물고 있네!
가까이할 수 없는 서적이여
가까이할 수 없는 서적이여

아메리카 타임지(誌)

흘러가는 물결처럼
지나인(支那人)*의 의복
나는 또 하나의 해협을 찾았던 것이 어리석었다

기회와 유적 그리고 능금
올바로 정신을 가다듬으면서
나는 수없이 길을 걸어왔다
그리하여 응결한 물이 떨어진다
바위를 문다

와사(瓦斯)**의 정치가여
너는 활자처럼 고웁다
내가 옛날 아메리카에서 돌아오던 길
뱃전에 머리 대고 울던 것은 여인을 위해서가 아니다

오늘 또 활자를 본다
한없이 긴 활자의 연속을 보고
와사의 정치가들을 응시한다

* 중국인.
** 가스(gas)의 일본식 표기.

이〔蝨〕

도립(倒立)한 나의 아버지의
얼굴과 나여

나는 한번도 이〔蝨〕를
보지 못한 사람이다

어두운 옷 속에서만
이는 사람을 부르고
사람을 울린다

나는 한번도 아버지의
수염을 바로는 보지
못하였다

　　신문을 펴라

이가 걸어나온다
행렬처럼
어제의 물처럼
걸어나온다

웃음

웃음은 자기 자신이 만드는 것이라면 그것은 얼마나 서러운 것일까
푸른 목
귀여운 눈동자
진정 나는 기계주의적 판단을 잊고 시들어 갑니다.
마차를 타고 가는 사람이 좋지 않아요
웃고 있어요
그것은 그림
토막방 안에서 나는 우주를 잡을 듯이 날뛰고 있지요
고운 신(神)이 이 자리에 있다면
나에게 무엇이라고 하겠나요
아마 잘 있으라고 손을 휘두르고 가지요
문턱에서.
이보다 더 추운 날처럼 나는 여기서 겨울을 맞이하다가
오랜 시간이 경과된 후에도
이 웃음만은 흔적을 남기고 있을 것이라고 믿는 것은
어리석은 일
시간에 달린 기─다란 시간을 보시오
내가 어리다고 한탄하지 마시오
나는 내 가슴에
또 하나의 종지부를 찍어야 합니다.

* 이 시의 마침표는 시집 『달나라의 장난』을 따랐다.

토끼

1

토끼는 입으로 새끼를 뱉으다

토끼는 태어날 때부터
뛰는 훈련을 받는 그러한 운명에 있었다
그는 어미의 입에서 탄생과 동시에 추락을 선고받는 것이다

토끼는 앞발이 길고
귀가 크고
눈이 붉고
또는 '이태백이 놀던 달 속에서 방아를 찧고'……
모두 재미있는 현상이지만
그가 입에서 탄생되었다는 것은 또 한번 토끼를 생각하게 한다

자연은 나의 몇 사람의 독특한 벗들과 함께
토끼의 탄생의 방식에 대하여
하나의 이덕(異德)을 주고 갔다
우리집 뜰 앞 토끼는 지금 하얀 털을 비비며 달빛에 서서 있다
토끼야
봄 달 속에서 나에게만 너의 재조(才操)*를 보여라

너의 입에서 튀어나오는
너의 새끼를

2

생후의 토끼가 살기 위하여서는
전쟁이나 혹은 나의 진실성 모양으로 서서 있어야 하였다
누가 서 있는 게 아니라
토끼가 서서 있어야 하였다
그러나 그는 캥거루의 일족은 아니다
수우(水牛)나 생어(生魚)같이
음정을 맞추어 우는 법도
습득하지는 못하였다
그는 고개를 들고 서서 있어야 하였다

몽매와 연령이 언제 그에게
나타날는지 모르는 까닭에
잠시 그는 별과 또 하나의 것을 쳐다보고 있어야 하는 것이다
또 하나의 것이란 우리의 육안에는 보이지 않는 곡선 같은 것일까

초부(樵夫)의 일하는 소리
바람이 생기는 곳으로
흘러가는 흘러가는 새 소리
갈대 소리

"올겨울은 눈이 적어서 토끼가 은거할 곳이 없겠네"

"저기 저 하—얀 것이 무엇입니까"
"불이다 산화(山火)다"

* '재주'의 원말.

아버지의 사진

아버지의 사진을 보지 않아도
비참은 일찍이 있었던 것

돌아가신 아버지의 사진에는
안경이 걸려 있고
내가 떳떳이 내다볼 수 없는 현실처럼
그의 눈은 깊이 파지어서
그래도 그것은
돌아가신 그날의 푸른 눈은 아니오
나의 기아처럼 그는 서서 나를 보고
나는 모―든 사람을 또한
나의 처를 피하여
그의 얼굴을 숨어 보는 것이오

영탄(永嘆)이 아닌 그의 키와
저주가 아닌 나의 얼굴에서
오―나는 그의 얼굴을 따라
왜 이리 조바심하는 것이오

조바심도 습관이 되고
그의 얼굴도 습관이 되며

나의 무리하는 생에서
그의 사진도 무리가 아닐 수 없이

그의 사진은 이 맑고 넓은 아침에서
또 하나 나의 팔이 될 수 없는 비참이오
행길에 얼어붙은 유리창들같이
시계의 열두 시같이
재차는 다시 보지 않을 편력의 역사……

나는 모든 사람을 피하여
그의 얼굴을 숨어 보는 버릇이 있소

아침의 유혹

나는 발가벗은 아내의 목을 끌어안았다
산림과 시간이 오는 것이다
서울역에는 화환(花環)이 처음 생기고
나는 추수하고 돌아오는 백부를 기대(期待)렸다
그때 도무지 모—두가 미칠 것만 같았다
무지무지한 갱부(坑夫)는 나에게 글을 가르쳤다
그것은 천자문이 되는지도 나는 모르고 있었다
스푼과 성냥을 들고 탄광에서 나는 나왔다
물속 모래알처럼
소박한 습성은 나의 아내의 밑소리부터 시작되었다
어느 교과서에도 질투의 감격은 무수하다
먼 시간을 두고 물속을 흘러온 흰모래처럼 그들은 온다
UN위원단이 매일 오는 것이다
화환이 화판(花瓣)이 서울역에서 날아온다
모자 쓴 청년이여 유혹이여
아침의 유혹이여

음악

음악은 흐르는 대로 내버려 두자
저무는 해와 같이
나의 앞에는 회색이 뭉치고
응결되고
또 주먹을 쥐어도 모자라는
이날 또 어느 날에
나는 춤을 추고 있었나 보다
불이 생기어도
어젯날의 환희에는 이기지 못할 것
누구에게 할 말이 꼭 있어야 하여도
움직이는 마음에
형벌은 없어져라
음악은 아주 험하게
흐르는구나
가슴과 가슴이 부딪치어도
소리는 나지 않을 것이다
단단한 가슴에 음악이 흐른다
단단한 가슴에서 가슴으로
다리도 없이
집도 없이
가느다란 곳에는 가시가 있고

살찐 곳에는 물이 고이는 것이다
나의 음악이여
지금 다시 저기로 흘러라
몸은 언제나 하나이었다
물은 나의 얼굴을 비추어 주었다
누구의 음악이 처참스러운지 모르지만
나의 설움만이 입체를 가지고
떨어져 나간다
음악이여

달나라의 장난

팽이가 돈다
어린아해이고 어른이고 살아가는 것이 신기로워
물끄러미 보고 있기를 좋아하는 나의 너무 큰 눈 앞에서
아이가 팽이를 돌린다
살림을 사는 아해들도 아름다웁듯이
노는 아해도 아름다워 보인다고 생각하면서
손님으로 온 나는 이 집 주인과의 이야기도 잊어버리고
또 한번 팽이를 돌려 주었으면 하고 원하는 것이다
도회 안에서 쫓겨 다니는 듯이 사는
나의 일이며
어느 소설보다도 신기로운 나의 생활이며
모두 다 내던지고
점잖이 앉은 나의 나이와 나이가 준 나의 무게를 생각하면서
정말 속임 없는 눈으로
지금 팽이가 도는 것을 본다
그러면 팽이가 까맣게 변하여 서서 있는 것이다
누구 집을 가 보아도 나 사는 곳보다는 여유가 있고
바쁘지도 않으니
마치 별세계같이 보인다
팽이가 돈다
팽이가 돈다

46

팽이 밑바닥에 끈을 돌려 매이니 이상하고
손가락 사이에 끈을 한끝 잡고 방바닥에 내어던지니
소리 없이 회색빛으로 도는 것이
오래 보지 못한 달나라의 장난 같다
팽이가 돈다
팽이가 돌면서 나를 울린다
제트기 벽화 밑의 나보다 더 뚱뚱한 주인 앞에서
나는 결코 울어야 할 사람은 아니며
영원히 나 자신을 고쳐 가야 할 운명과 사명에 놓여 있는 이 밤에
나는 한사코 방심조차 하여서는 아니 될 터인데
팽이는 나를 비웃는 듯이 돌고 있다
비행기 프로펠러보다는 팽이가 기억이 멀고
강한 것보다는 약한 것이 더 많은 나의 착한 마음이기에
팽이는 지금 수천 년 전의 성인과 같이
내 앞에서 돈다
생각하면 서러운 것인데
너도 나도 스스로 도는 힘을 위하여
공통된 그 무엇을 위하여 울어서는 아니 된다는 듯이
서서 돌고 있는 것인가
팽이가 돈다
팽이가 돈다

조국에 돌아오신 상병포로 동지들에게

그것은 자유를 찾기 위하여서의 여정이었다
가족과 애인과 그리고 또 하나 부실한 처를 버리고
포로수용소로 오려고 집을 버리고 나온 것이 아니라
포로수용소보다 더 어두운 곳이라 할지라도
자유가 살고 있는 영원한 길을 찾아
나와 나의 벗이 안심하고 살 수 있는
현대의 천당을 찾아 나온 것이다

나는 원래가 약게 살 줄 모르는 사람이다
진실을 찾기 위하여 진실을 잊어버려야 하는
내일의 역설 모양으로
나는 자유를 찾아서 포로수용소에 온 것이고
자유를 찾기 위하여 유자철망(有刺鐵網)을 탈출하려는 어리석은 동물
이 되고 말았다
"여보세요 내 가슴을 헤치고 보세요 여기 장 발장이 숨기고 있던 낙
인보다 더 크고 검은
호소가 있지요
길을 잊어버린 호소예요"

"자유가 항상 싸늘한 것이라면 나는 당신과 더 이야기하지 않겠어요
그러나 이것은 살아 있는 포로의 애원이 아니라

이미 대한민국의 하늘을 가슴으로 등으로 쓿고 나가는

저 조그만 비행기같이 연기도 여운도 없이 사라진 몇몇 포로들의 영령이

너무나 알기 쉬운 말로 아무도 듣지 못하게 당신의 뺨에다 대고 비로소 시작하는 귓속 이야기지요"

"그것은 본 사람만이 아는 일이지요

누가 거제도 제61수용소에서 단기 4284년 3월 16일 오전 5시에 바로 철망 하나 둘 셋 네 겹을 격(隔)하고 불 일어나듯이 솟아나는 제62적색수용소로 돌을 던지고 돌을 받으며 뛰어들어 갔는가"

나는 그들이 어떻게 용감하게 싸웠느냔 것에 대한 대변인이 아니다

또한 나의 죄악을 가리기 위하여 독자의 눈을 가리고 입을 봉하기 위한 연명을 위한 아유(阿諛)*도 아니다

그리고 이러한 변명이 지루하다고 꾸짖는 독자에 대하여는

한마디 드려야 할 정당한 이유의 말이 있다

"포로의 반공전선을 위하여는

이것보다 더 장황한 전제가 필요하였습니다

나는 그들의 용감성과 또 그들의 어마어마한 전과(戰果)에 대하여 말하는 것이 아니라

그들의 싸워 온 독특한 위치와 세계사적 가치를 말하는 것입니다"

"나는 이것을 자유라고 부릅니다

그리하여 나는 자유를 위하여 출발하고 포로수용소에서 끝을 맺은 나의 생명과 진실에 대하여

아무 뉘우침도 남기려 하지 않습니다"

나는 지금 자유를 연구하기 위하여 『나는 자유를 선택하였다』**의 두 꺼운 책장을 들춰 볼 필요가 없다

꽃같이 사랑하는 무수한 동지들과 함께

꽃 같은 밥을 먹었고

꽃 같은 옷을 입었고

꽃 같은 정성을 지니고

대한민국의 꽃을 이마 위에 동여매고 싸우고 싸우고 싸워 왔다

그것이 너무나 순진한 일이었기에 잠을 깨어 일어나서

나는 예수 그리스도가 되지 않았나 하는 신성한 착감(錯感)조차 느껴 보는 것이었다

정말 내가 포로수용소를 탈출하여 나오려고

무수한 동물적 기도를 한 것은

이것이 거짓말이라면 용서하여 주시오

포로수용소가 너무나 자유의 천당이었기 때문이다

노파심으로 만일을 염려하여 말해 두는 건데

이것은 촌호(寸毫)의 풍자미(諷刺味)도 역설도 불쌍한 발악도 청년다

운 광기도 섞여 있는 말이 아닐 것이다

"여러분! 내가 쓰고 있는 것은 시가 아니겠습니까
일전에 어떤 친구를 만났더니 날더러 다시 포로수용소에 들어가고
싶은 생각이 없느냐고
정색을 하고 물어봅니다
나는 대답하였습니다
내가 포로수용소에서 나온 것은
포로로서 나온 것이 아니라
민간 억류인으로서 나라에 충성을 다하기 위하여 나온 것이라고
그랬더니 그 친구가 빨리 삼팔선을 향하여 가서
이북에 억류되고 있는 대한민국과 UN군의 포로들을 구하여 내기 위
하여
새로운 싸움을 하라고 합니다
나는 정말 미안하다고 하였습니다
이북에서 고생하고 돌아오는
상병포로들에게 말할 수 없는 미안한 감이 듭니다"

내가 6·25 후에 개천(价川) 야영훈련소에서 받은 말할 수 없는 학대
를 생각한다
북원 훈련소를 탈출하여 순천 읍내까지도 가지 못하고

악귀의 눈동자보다도 더 어둡고 무서운 밤에 중서면 내무성군대에게
체포된 일을 생각한다
그리하여 달아나오던 날 새벽에 파묻었던 총과 러시아 군복을 사흘
을 걸려서 찾아내고 겨우 총살을 면하던 꿈같은 일을 생각한다
그리고 나는 평양을 넘어서 남으로 오다가 포로가 되었지만
내가 만일 포로가 아니 되고 그대로 거기서 죽어 버렸어도
아마 나의 영혼은 부지런히 일어나서 고생하고 돌아오는
대한민국 상병포로와 UN 상병포로들에게 한마디 말을 하였을 것이다
"수고하였습니다"

"돌아오신 여러분! 아프신 몸에 얼마나 수고하셨습니까!
우리는 UN군의 포로가 되어 너무 좋아서 가시철망을 뛰어나오려고
애를 쓰다가 못 뛰어나오고
여러 동지들은 기막힌 쓰라림에 못 이겨 못 뛰어나오고"

"그러나 천당이 있다면 모두 다 거기서 만나고 있을 것입니다
억울하게 넘어진 반공포로들이
다 같은 대한민국의 이북 반공포로와 거제도 반공포로들이
무궁화의 노래를 부를 것입니다"

나는 이것을 진정한 자유의 노래라고 부르고 싶어라!

반항의 자유
진정한 반항의 자유조차 없는 그들에게
마지막 부르고 갈
새날을 향한 전승(戰勝)의 노래라고 부르고 싶어라!

그것은 자유를 위한 영원한 여정이었다
나직이 부를 수도 소리 높이 부를 수도 있는 그대들만의 노래를 위하여
마지막에는 울음으로밖에 변할 수 없는
숭고한 희생이여!

나의 노래가 거치럽게 되는 것을 욕하지 마라!
지금 이 땅에는 온갖 형태의 희생이 있거니
나의 노래가 없어진들
누가 나라와 민족과 청춘과
그리고 그대들의 영령을 위하여 잊어버릴 것인가!

자유의 길을 잊어버릴 것인가!

* 아첨.
** 미국 주재 소련 외교관이었던 빅토르 크라브첸코가 미국으로 망명한 뒤 1946년에 펴낸 책으로 소련 사회의 억압상을 폭로하여 미국에서 베스트셀러가 되었고 1948년 한글번역본이 상·하 두 권으로 출판되었다.

긍지의 날

너무나 잘 아는
순환의 원리를 위하여
나는 피로하였고
또 나는
영원히 피로할 것이기에
구태여 옛날을 돌아보지 않아도
설움과 아름다움을 대신하여 있는 나의 긍지
오늘은 필경 긍지의 날인가 보다

내가 살기 위하여
몇 개의 번개 같은 환상이 필요하다 하더라도
꿈은 교훈
청춘 물 구름
피로들이 몇 배의 아름다움을 가하여 있을 때도
나의 원천과 더불어
나의 최종점은 긍지
파도처럼 요동하여
소리가 없고
비처럼 퍼부어
젖지 않는 것

그리하여
피로도 내가 만드는 것
긍지도 내가 만드는 것
그러할 때면은 나의 몸은 항상
한 치를 더 자라는 꽃이 아니더냐
오늘은 필경 여러 가지를 합한 긍지의 날인가 보다
암만 불러도 싫지 않은 긍지의 날인가 보다
모든 설움이 합쳐지고 모든 것이 설움으로 돌아가는
긍지의 날인가 보다
이것이 나의 날
내가 자라는 날인가 보다

그것을 위하여는

실낱같이 잘디잔 버드나무가
지붕 위 산 밑으로 보이는 객사에서
등잔을 등에 지고 누우니
무엇을 또 생각하여야 할 것이냐

나이는 늙을수록 생각만이 쌓이는 듯
그렇지 않으면 며칠 만에 한가한 시간을
얻은 것이 고마워서 그러는지
나는 조울히 드러누워
하나 원시적인 일로 흘러가는 마음을 자찬하고 싶다

불같은 세상이라고 하지만
이 밤만은 그러한 소리가 귀에 젖어지지 않는다
오히려 불이 있다면
아니 저 등불이라도 마시라면
마시고 싶은 마음이다

혹은 버드나무 아래에서
무슨 소리가 들려올지 모른다고
잠도 자지 않고 깨어 있는
이 집 둘째 아들처럼

'돈은 암만 벌어도 만족하여지지 않는다'
는 상인을 업수이 여기는 나의 마음도
사실은 오지 않을 기적을 기다리는
영원의 상인

만나야 할 사람도 만나지 못하고
가야 할 곳도 가지 못하고
나의 천직도 이제는 아주 잊어버렸다
이렇게 불빛을 등지고
한방의 친객(親客)들조차
무시하고
홀로 생각 아닌 생각에 젖어 있으면
언덕을 넘어오다
무의미하게 보고 온
눈 위로 나오고 눈 속에 파묻힌
도장나무 많이 심은 공원까지
생각이 나서
내 자신이 원시적인 사람처럼

원시적인 꿈으로 돌아가는 것이다

나이를 먹으면 설움을 어떻게 발산할 것인가도 자연히 알아지는 것
인가 보다

그러니까
내 앞에 누운 나의 그림자조차 저렇게 금방 가늘어졌다 굵어졌다
제 마음대로
나중에는
채색까지 하고 있지 않는가 보아라

만나야 할 사람도 만나지 못하고 가야 할 곳도 가지 못하고
이제는 나는 천직도 잊어버리고
날만 새면
차디찬 곳을 찾아
차디찬 곳을 돌아다닌다

그러하니까 밤이 되면
객사를 찾아
등잔을 등에 지고 드러누워

있어야 할 게 아니랴

그러하니까
재미있는 생각이
굶주린 마음에서
유수(流水)같이
유수같이
쏟아져 나올 게 아닐까 보랴

그것을 위하여는
일부러 바보라도 되어 보고 싶구나

애정지둔(愛情遲鈍)

조용한 시절은 돌아오지 않았다
그 대신 사랑이 생기었다
굵다란 사랑
누가 있어 나를 본다면은
이것은 확실히 우스운 이야깃거리다
다리 밑에 물이 흐르고
나의 시절은 좁다
사랑은 고독이라고 내가 나에게 재긍정하는 것이
또한 우스운 일일 것이다

조용한 시절 대신 나의 백골이 생기었다
생활의 백골
누가 있어 나를 본다면은
이것은 확실히 무서운 이야깃거리다
다리 밑에 물이 마르고
나의 몸도 없어지고
나의 그림자도 달아난다
나는 나에게 대답할 것이 없어져도 쓸쓸하지 않았다

생활무한(生活無限)
고난돌기(苦難突起)

백골의복(白骨衣服)

삼복염천거래(三伏炎天去來)

나의 시절은 태양 속에

나의 사랑도 태양 속에 일식(日蝕)을 하고

첩첩이 무서운 주야(晝夜)

애정은 나뭇잎처럼 기어코 떨어졌으면서

나의 손 위에서 신음한다

가야만 하는 사람의 이별을 기다리는 것처럼

생활은 열도(熱度)를 측량할 수 없고

나의 노래는 물방울처럼 땅속으로 향하여 들어갈 것

애정지둔

풍뎅이

너의 앞에서는 우둔한 얼굴을 하고 있어도 좋았다
백 년이나 천 년이 결코 긴 세월이 아니라는 것은
내가 사랑의 테두리 속에 끼여 있기 때문이 아니리라
추한 나의 발밑에서 풍뎅이처럼 너는 하늘을 보고 운다
그 넓은 등판으로 땅을 쓸어 가면서
늬가 부르는 노래가 어디서 오는 것을
너보다는 내가 더 잘 알고 있는 것이다
내가 추악하고 우둔한 얼굴을 하고 있으면
너도 우둔한 얼굴을 만들 줄 안다
너의 이름과
너와 나와의 관계가 무엇인지 알아질 때까지

소금 같은 이 세계가 존속할 것이며
의심할 것인데
등 등판 광택 거대한 여울
미끄러져 가는 나의 의지
나의 의지보다 더 빠른 너의 노래
너의 노래보다 더한층 신축성이 있는
너의 사랑

너를 잃고

늬가 없어도 나는 산단다
억만 번 늬가 없어 설워한 끝에
억만 걸음 떨어져 있는
너는 억만 개의 모욕이다

나쁘지도 않고 좋지도 않은 꽃들
그리고 별과도 등지고 앉아서
모래알 사이에 너의 얼굴을 찾고 있는 나는 인제
늬가 없어도 산단다

늬가 없이 사는 삶이 보람 있기 위하여
나는 돈을 벌지 않고
늬가 주는 모욕의 억만 배의 모욕을 사기를 좋아하고
억만 인의 여자를 보지 않고 산다

나의 생활의 원주(圓周) 위에 어느 날이고 늬가 서기를 바라고
나의 애정의 원주가 진정으로 위대하여지기 바라고

그리하여 이 공허한 원주가 가장 찬란하여지는 무렵
나는 또 하나 다른 유성(遊星)을 향하여 달아날 것을 알고

이 영원한 숨바꼭질 속에서

나는 또한 영원히 늬가 없어도 살 수 있는 날을 기다려야 하겠다

나는 억만무려(億萬無慮)의 모욕인 까닭에

미숙한 도적

기진맥진하여서 술을 마시고
기진맥진하여서 주정을 하고
기진맥진하여서 여관을 찾아 들어갔다
옛날같이 낯선 방이 그리 무섭지도 않고
더러운 침구가 마음을 괴롭히지도 않는데
의치를 빼어서 물에 담가 놓고 드러누우니
마치 내가 임종하는 곳이 이러할 것이니 하는 생각이 불현듯이 든다
옆에 누운 친구가 내가 이를 뺀 얼굴이 어린아해 같다고 간간대소하
며 좋아한다
이 친구도 술이 취한 얼굴을 보니 처참하다
창을 흔들고 가는 바람 소리를 들어도 불안하지도 않고
도회에서 태어나서 도회에서 죽어 가는 사람들은
젊은 몸으로 죽어 가는 전선(前線)의 전사에 못지않게 불쌍하다고 생
각하며
그러한 생각을 함으로써 하루하루 도회의 때가 묻어 가는 나의 몸을
분하다고 한탄한다
친구가 일어나서 창밖으로 침을 뱉고 아래로 내려갔다 오더니 또 술
을 마시러 내려가자고 한다

기진맥진한 몸을 간신히 일으켜서
차가운 이를 건져서 끼고 따라서 내려간다

그중 끝의 방문을 열고 보니 꺼먼 사람이 셋이나 앉아 있다
얼굴은 분간할 수도 없는데
술 한 병만이 방 한가운데
광채를 띠고 앉아 있다
나는 의치를 빼서 호주머니에 넣고 앉자
선뜻 인사를 하고
음시(淫詩)를 한바탕 읊었더니
여간 좋아들 하지 않는다
나이를 물어보기에 마흔여덟이라고 하니 그대로 곧이듣는다

아침에 일어나서 나는 완전히
기진맥진하였다
눈알에 백태가 앉은 사람같이
보이는 것이 모두 몽롱하다
청한 지 반 시간 만에 떠다 주는 냉수를 한 대접 마시고
계단을 내려와서
어젯밤에 술을 마시던 방을 들여다보니 이불도 베개도 타구* 하나 없
이 깨끗하다
 "도적질을 하는 것도 저렇게 부지런하여야 하는데 우리는 이게 무
어야
 빨리 나가서 배 들어오는 것을 기다리세" 하고 친구가 서두른다

66

"그러니까 초년생 도적이지" 하고 쑥스러운 대구를 하면서
기진맥진한 머리를 쉬일 곳을 찾아서 친구의 뒤를 따라서 걸어나왔다
우리의 잔등이에는 '미숙한 도적'이라는 글자가 씌어 있었을 것이다

---

* 침이나 가래를 뱉는 그릇.

부탁

자라나는 죽순 모양으로
부탁만이 늘어 간다

귀치않은 부탁을 하러 오는 사람들이 갖다 주는 것으로
연명을 하고 보니 거절할 수도 없는

캄캄한 사무실 한복판에서
나는 눈이 먼 암소나 다름없이 선량한데
이 공간의 넓이를 가리키면서
한꺼번에 구겨지자 없어지는 벼락과 천둥
이것이 또 앞으로 얼마나 계속될는지

여미지 못하는 생각 위에
여밀 수 없는 부탁이여
차라리 죽순같이 자라는 대로 맡겨 두련다

일찍이 현실의 출발을 하지 못한 것을 뉘우치며
오늘 밤도 보아야 할 죽순의 거치러운 꿈은
완전히 무시를 당하고 나서야 비로소 안심할 수 있는

만만치 않은 부탁

내가 너의 머리 위에
너를 대신하여
벼락과 천둥을 때리는 날까지
터전이 없으면 나의 머리 위에라도
잠시 이고 다니며 길러야 할
너는 불행하기 짝이 없는 죽순이다

유일한 시간을 연상시키는
만만하지 않은 부탁과 죽순이 자라노니라

시골 선물

종로 네거리도 행길에 가까운 일부러 떠들썩한 찻집을 택하여 나는 앉아 있다

이것이 도회 안에서 사는 나로서는 어디보다도 조용한 곳이라고 생각하고 있기 때문이다

그러한 나의 반역성을 조소하는 듯이 스무 살도 넘을까 말까 한 노는 계집애와 머리가 고슴도치처럼 부스스하게 일어난 쓰메에리*의 학생복을 입은 청년이 들어와서 커피니 오트밀이니 사과니 어수선하게 벌여 놓고 계통 없이 처먹고 있다

신이라든지 하느님이라든지가 어디 있느냐고 나를 고루하다고 비웃은 어제저녁의 술친구의 천박한 머리를 생각한다

그다음에는 나는 중앙선 어느 협곡에 있는 역에서 백여 리나 떨어진 광산촌에 두고 온 잃어버린 겨울 모자를 생각한다

그것은 갈색 낙타 모자

그리고 유행에서도 훨씬 뒤떨어진 서울의 화려한 거리에서는 도저히 쓰고 다니기 부끄러운 모자이다

거기다가 나의 부처님을 모신 법당 뒷산에 묻혀 있는 검은 바위같이 큰 머리에는 둘레가 작아서 맞지 않아서 그 모자를 쓴 기분이란 쳇바퀴를 쓴 것처럼 딱딱하다

그러나 나는 그것을 시골이라고 무관하게 생각하고 쓰고 간 것인데 결국은 잃어버리고 말았다

그것이 아까워서가 아니라

서울에 돌아온 지 일주일도 못 되는 나에게는 도회의 소음과 광증(狂症)과 속도와 허위가 새삼스럽게 미웁고 서글프게 느껴지고

그러할 때마다 잃어버려서 아깝지 않은 잃어버리고 온 모자 생각이 불현듯이 난다

저기 나의 맞은편 의자에 앉아 먹고 떠들고 웃고 있는 여자와 젊은 학생을 내가 시골을 여행하기 전에 그들을 보았더라면 대하였을 감정과는 다른 각도와 높이에서 보게 되는 나는 내 자신의 감정이 보다 더 거만하여지고 순화되어진 탓이라고는 생각하지 않는다

나는 구태여 생각하여 본다

그리고 비교하여 본다

나는 모자와 함께 나의 마음의 한 모퉁이를 모자 속에 놓고 온 것이라고

설운 마음의 한 모퉁이를

---

* 깃의 높이가 4센티미터쯤 되는 깃닫이 양복.

방 안에서 익어 가는 설움

비가 그친 후 어느 날―
나의 방 안에 설움이 충만되어 있는 것을 발견하였다

오고 가는 것이 직선으로 혹은
대각선으로 맞닥뜨리는 것 같은 속에서
나의 설움은 유유히 자기의 시간을 찾아갔다

설움을 역류하는 야릇한 것만을 구태여 찾아서 헤매는 것은
우둔한 일인 줄 알면서
그것이 나의 생활이며 생명이며 정신이며 시대이며 밑바닥이라는 것
을 믿었기 때문에―
아아 그러나 지금 이 방 안에는
오직 시간만이 있지 않으냐

흐르는 시간 속에 이를테면 푸른 옷이 걸리고 그 위에
반짝이는 별같이 흰 단추가 달려 있고

가만히 앉아 있어도 자꾸 뻐근하여만 가는 목을 돌려
시간과 함께 비스듬히 내려다보는 것
그것은 혹시 한 자루의 부채
―그러나 그것은 보일락 말락 나의 시야에서

멀어져 가는 것 —
하나의 가냘픈 물체에 도저히 고정될 수 없는
나의 눈이며 나의 정신이며

이 밤이 기다리는 고요한 사상마저
나는 초연히 이것을 시간 위에 얹고
어려운 몇 고비를 넘어가는 기술을 알고 있나니
누구의 생활도 아닌 이것은 확실한 나의 생활

마지막 설움마저 보낸 뒤
빈 방 안에 나는 홀로이 머물러 앉아
어떠한 내용의 책을 열어 보려 하는가

구라중화(九羅重花)

— 어느 소녀에게 물어보니 너의 이름은 구라지오라스*라고

저것이야말로 꽃이 아닐 것이다
저것이야말로 물도 아닐 것이다

눈에 걸리는 마지막 물건이 무엇이냐고 물어보는 듯
영롱한 꽃송이는 나의 마지막 인내를 부숴 버리려고 한다

나의 마음을 딛고 가는 거룩한 발자국 소리를 들으면서
지금 나는 마지막 붓을 든다

누가 무엇이라 하든 나의 붓은 이 시대를 진지하게 걸어가는 사람에
게는 치욕
물소리 빗소리 바람소리 하나 들리지 않는 곳에
나란히 옆으로 가로 세로 위로 아래로 놓여 있는 무수한 꽃송이와 그
그림자
그것을 그리려고 하는 나의 붓은 말할 수 없이 깊은 치욕

이것은 누구에게도 보이지 않을 글이기에
(아아 그러한 시대가 온다면 얼마나 좋은 일이냐)
나의 동요 없는 마음으로
너를 다시 한번 치어다보고 혹은 내려다보면서 무량(無量)의 환희에
젖는다

74

꽃 꽃 꽃
부끄러움을 모르는 꽃들
누구의 것도 아닌 꽃들
너는 늬가 먹고사는 물의 것도 아니며
나의 것도 아니고 누구의 것도 아니기에
지금 마음 놓고 고즈넉이 날개를 펴라
마음대로 뛰놀 수 있는 마당은 아닐지나
(그것은 골고다의 언덕이 아닌
현대의 가시철망 옆에 피어 있는 꽃이기에)
물도 아니며 꽃도 아닌 꽃일지나
너의 숨어 있는 인내와 용기를 다하여 날개를 펴라

물이 아닌 꽃
물같이 엷은 날개를 펴며
너의 무게를 안고 날아가려는 듯

늬가 끊을 수 있는 것은 오직 생사의 선조(線條)뿐
그러나 그 비애에 찬 선조도 하나가 아니기에
너는 다시 부끄러움과 주저(躊躇)를 품고 숨 가빠 하는가
결합된 색깔은 모두가 엷은 것이지만
설움이 힘찬 미소와 더불어 관용과 자비로 통하는 곳에서

늬가 사는 엷은 세계는 자유로운 것이기에
생기와 신중을 한 몸에 지니고

사실은 벌써 멸하여 있을 너의 꽃잎 위에
이중의 봉오리를 맺고 날개를 펴고
죽음 위에 죽음 위에 죽음을 거듭하리
구라중화(九羅重花)

---

* 글라디올러스.

휴식

남의 집 마당에 와서 마음을 쉬다

매일같이 마시는 술이며 모욕이며
보기 싫은 나의 얼굴이며
다 잊어버리고
돈 없는 나는 남의 집 마당에 와서
비로소 마음을 쉬다

잣나무 전나무 집뽕나무 상나무
연못 흰 바위
이러한 것들이 나를 속이는가
어두운 그늘 밑에 드나드는 쥐새끼들

마음을 쉰다는 것이 남에게도 나에게도
속임을 받는 일이라는 것을
(쉰다는 것이 무엇이라는 것을 알면서)
쉬어야 하는 설움이여

멀리서 산이 보이고
개울 대신 실가락처럼 먼지 나는
군용로가 보이는

고요한 마당 위에서
나는 나를 속이고 역사까지 속이고
구태여 낯익은 하늘을 보지 않고
구렁이같이 태연하게 앉아서
마음을 쉬다

마당은 주인의 마음이 숨어 있지 않은 것처럼 안온한데
나 역시 이 마당에 무슨 원한이 있겠느냐
비록 내가 자란 터전같이 호화로운
꿈을 꾸는 마당이라고 해서

거미

내가 으스러지게 설움에 몸을 태우는 것은 내가 바라는 것이 있기 때
문이다

그러나 나는 그 으스러진 설움의 풍경마저 싫어진다

나는 너무나 자주 설움과 입을 맞추었기 때문에
가을바람에 늙어 가는 거미처럼 몸이 까맣게 타 버렸다

PLASTER*

나의 천성은 깨어졌다
더러운 붓끝에서 흔들리는 오욕
바다보다 아름다운 세월을 건너와서
나는 태양을 주웠다고 생각하지는 않았지만
설마 이런 것이 올 줄이야
괴물이여

지금 고갈(枯渴)* 시인의 절정에 서서

이름도 모르는 뼈와 뼈
어디까지나 뒤퉁그러져 나왔구나
　─그것을 내가 아는 가장 비참한 친구가 붙이고 간 명칭으로 나는 정
리하고 있는가

나의 명예는 부서졌다
비 대신 황사가 퍼붓는 하늘 아래
누가 지어논 무덤이냐
그러나 그 속에서 부패하고 있는 것
　─그것은 나의 앙상한 생명
PLASTER가 연상(燃上)하는 냄새가 이러할 것이다

오욕 · 뼈 · PLASTER · 뼈 · 뼈

뼈 · 뼈……………………………

<hr />

* 플라스터. 석고를 뜻한다.

** 원고에는 일본식 한자어인 '학갈(涸渴)'로 되어 있었는데, '고갈'로 바꾸었다.

여름 뜰

무엇 때문에 부자유한 생활을 하고 있으며
무엇 때문에 자유스러운 생활을 피하고 있느냐
여름 뜰이여
나의 눈만이 혼자서 볼 수 있는 주름살이 있다 굴곡이 있다
모—든 언어가 시에로 통할 때
나는 바로 일순간 전의 대담성을 잊어버리고
젖 먹는 아이와 같이 이지러진 얼굴로
여름 뜰이여
너의 광대한 손을 본다

"조심하여라! 자중하여라! 무서워할 줄 알아라!" 하는
억만의 소리가 비 오듯 내리는 여름 뜰을 보면서
합리와 비합리와의 사이에 묵연히 앉아 있는
나의 표정에는 무엇인지 우스웁고 간지럽고 서먹하고 쓰디쓴 것마저
섞여 있다
그것은 둔한 머리에 움직이지 않는 사념일 것이다

무엇 때문에 부자유한 생활을 하고 있으며
무엇 때문에 자유스러운 생활을 피하고 있느냐
여름 뜰이여
크레인의 강철보다 더 강한 익어 가는 황금빛을 꺾기 위하여

너의 뜰을 달려가는 조그마한 동물이라도 있다면
여름 뜰이여
나는 너에게 희생할 것을 준비하고 있노라

질서와 무질서와의 사이에
움직이는 나의 생활은
섧지가 않아 시체나 다름없는 것이다

여름 뜰을 흘겨보지 않을 것이다
여름 뜰을 밟아서도 아니 될 것이다
묵연히 묵연히
그러나 속지 않고 보고 있을 것이다

구슬픈 육체

불을 끄고 누웠다가
잊어지지 않는 것이 있어
다시 일어났다

암만 해도 잊어버리지 못할 것이 있어 다시 불을 켜고 앉았을 때는
이미 내가 찾던 것은 없어졌을 때

반드시 찾으려고 불을 켠 것도 아니지만
없어지는 자체를 보기 위하여서만 불을 켠 것도 아닌데
잊어버려서 아까운지 아까웁지 않은지 헤아릴 사이도 없이 불은 켜
지고

나는 잠시 아름다운 통각(統覺)과 조화와 영원과 귀결을 찾지 않으려
한다

어둠 속에 본 것은 청춘이었는지 대지의 진동이었는지
나는 자꾸 땅만 만지고 싶었는데
땅과 몸이 일체가 되기를 원하며 그것만을 힘삼고 있었는데

오히려 그러한 불굴의 의지에서 나오는 것인가
어둠 속에서 일순간을 다투며

없어져 버린 애처롭고 아름답고 화려하고 부박한 꿈을 찾으려 하는
것은

생활이여 생활이여
잊어버린 생활이여
너무나 멀리 잊어버려 천상의 무슨 등대같이 까마득히 사라져 버린
귀중한 생활들이여
말 없는 생활들이여
마지막에는 해저의 풀떨기같이 혹은 책상에 붙은 민민한 판때기처럼
무감각하게 될 생활이여

조화가 없어 아름다웠던 생활을 조화를 원하는 가슴으로 찾을 것은
아니로나
조화를 원하는 심장으로 찾을 것은 아니로나

지나간 생활을 지나간 벗같이 여기고
해 지자 헤어진 구슬픈 벗같이 여기고
잊어버린 생활을 위하여 불을 켜서는 아니 될 것이지만
천사같이 천사같이 흘려 버릴 것이지만
아아 아아 아아
불은 켜지고

나는 쉴 사이 없이 가야 하는 몸이기에
구슬픈 육체여

사무실

남의 일하는 곳에 와서 아무 목적 없이 앉았으면 어떻게 하리
남이 일하는 모양이 내가 일하고 있는 것보다 더 밝고 깨끗하고 아름
다웁게 보이면 어떻게 하리

일한다는 의미가 없어져도 좋다는 듯이 구수한 벗이 있는 곳
너는 나와 함께 못난 놈이면서도 못난 놈이 아닌데
쓸데없는 도면 위에 글씨만 박고 있으면 어떻게 하리
엄숙하지 않은 일을 하는 곳에 사는 친구를 찾아왔다
이 사무실도 네가 만든 것이며
이 많은 의자도 네가 만든 것이며
네가 그리고 있는 종이까지 네가 제지(製紙)한 것이며
청결한 공기조차 어지러웁지 않은 것이
오히려 너의 냄새가 없어서 심심하다

남의 일하는 곳에 와서 덧없이 앉았으면 비로소 설워진다
어떻게 하리
어떻게 하리

겨울의 사랑

늬가 준 요보*의 꽃잎사귀 위에서 잠을 자고
늬가 준 수건으로는 아침에 얼굴을 씻고
늬가 준 얼룩진 혁대로 나의 허리를 동이고
이만하면 나는 너의 애정으로
목욕을 할 수 있는 행복한 사람이다

아예 나의 밤의 품 안에
너의 전신이 안기지 않아도
그리운
나의 얼굴을 너의 부드러운 열 손이
싫증이 나도록 쓰다듬어 주지 않아도
그리고 나의 허리를
나비와 같이 살며시 껴안아 주지 않아도

나는 너의 선물이 욕된
사랑의 변명이 아니라는 것을 알고 있기에

늬가 표시하는 애정의 의도를 묻지 않고
늬가 말하지 않아도 알 수 있는 사랑의 궁극을
늬가 알지 못하고 나에게 표시하여 줄 수 있다면
오히려 그것을 원하는—

이것은 반드시 우리의 사랑이 죄악에서 생겨난 것이라고 믿기 때문
만은 아닐 것이다

우리의 사랑이 죄악이라는 것은
시를 쓴다는 것이
옳지 않은 일이라고 꾸짖는 것이나 같은 일

오랜 시간을 두고 찾아오는 이 귀중한 순간의
한복판에 서서
천천히 계속하던 일손을 멈추고 너를 생각하니
오―나의 몸은
가난한 나라의 빈 사무실
한복판에 앉아 있는 것
같지가 않다

늬가 말하지 않아도 알 수 있는 사랑의 궁극에 대하여 차라리
늬가 냉담하기를 원하는 것은
우리의 사랑이 잊어버리기 위한 사랑에서 출발하였기 때문이라고 생
각한다

그러한 사랑에 대하여

늬가 너의 육체 대신
준 요보
늬가 너의 애무 대신 준 흰 속옷은

너무나 능숙한 겨울의 사랑
여러분에게는 미안할 정도로
교묘(巧妙)를 다한
따뜻한 사랑이었다
발악하는 사랑이었다

* 요 위에 까는 시트.

90

도취의 피안

내가 사는 지붕 위를 흘러가는 날짐승들이
울고 가는 울음소리에도
나는 취하지 않으련다

사람이야 말할 수 없이 애처로운 것이지만
내가 부끄러운 것은 사람보다도
저 날짐승이라 할까
내가 있는 방 위에 와서 앉거나
또는 그의 그림자가 혹시나 떨어질까 보아 두려워하는 것도
나는 아무것에도 취하여 살기를 싫어하기 때문이다

하루에 한번씩 찾아오는
수치와 고민의 순간을 너에게 보이거나
들키거나 하기가 싫어서가 아니라

나의 얇은 지붕에서 솔개미 같은
사나운 놈이 약한 날짐승들이 오기를 노리면서 기다리고
더운 날과 추운 날을 가리지 않고
늙은 버섯처럼 숨어 있기 때문에도 아니다

날짐승의 가는 발가락 사이에라도 잠겨 있을 운명—

그것이 사람의 발자국 소리보다도
나에게 시간을 가르쳐 주는 것이 나는 싫다

나야 늙어 가는 몸 위에 하잘것없이 앉아 있으면 고만이고
너는 날아가면 고만이지만
잠시라도 나는 취하는 것이 싫다는 말이다

나의 초라한 검은 지붕에
너의 날개 소리를 남기지 말고
네가 던지는 조그마한 그림자가 무서워 벌벌 떨고 있는
나의 귀에다 너의 엷은 울음소리를 남기지 말아라

차라리 앉아 있는 기계와 같이
취하지 않고 늙어 가는
나와 나의 겨울을 한층 더 무거운 것으로 만들기 위하여
나의 눈일랑 한층 더 맑게 하여 다오
짐승이여 짐승이여 날짐승이여
도취의 피안(彼岸)에서 날아온 무수한 날짐승들이여

더러운 향로

길이 끝이 나기 전에는
나의 그림자를 보이지 않으리
적진을 돌격하는 전사와 같이
나무에서 떨어진 새와 같이
적에게나 벗에게나 땅에게나
그리고 모든 것에서부터
나를 감추리

검은 철을 깎아 만든
고궁의 흰 지댓돌 위의
더러운 향로 앞으로 걸어가서
잃어버린 애아(愛兒)를 찾은 듯이
너의 거룩한 머리를 만지면서
우는 날이 오더라도

철망을 지나가는 비행기의
그림자보다는 훨씬 급하게
스쳐 가는 나의 고독을
누가 무슨 신기한 재주를 가지고
잡을 수 있겠느냐
향로인가 보다

나는 너와 같이 자기의 그림자를 마시고 있는 향로인가 보다

내가 너를 좋아하는 원인을
네가 지니고 있는 긴 역사였다고 생각한 것은 과오였다

길을 걸으면서 생각하여 보는
향로가 이러하고
내가 그 향로와 같이 있을 때
살아 있는 향로
소생하는 나
덧없는 나

이 길로 마냥 가면
이 길로 마냥 가면 어디인지 아는가

티끌도 아까운
더러운 것일수록 더한층 아까운
이 길로 마냥 가면 어디인지 아는가

더러운 것 중에도 가장 더러운
썩은 것을 찾으면서

비로소 마음 취하여 보는
이 더러운 길

네이팜 탄*

너를 딛고 일어서면
생각하는 것은 먼 나라의 일이 아니다
나의 가슴속에 흐트러진 파편들일 것이다

너의 표피의 원활과 각도에 이기지 못하고 미끄러지는 나의 발을
나는 미워한다
방향은 애정―

구름은 벌써 나의 머리를 스쳐 가고
설움과 과거는
5천만분지 1의 부감도(俯瞰圖)보다도 더
조밀하고 망막하고 까마득하게 사라졌다
생각할 틈도 없이
애정은 절박하고
과거와 미래와 오류와 혈액들이
모두 바쁘다

너는 기류를 안고
나는 근지러운 나의 살을 안고

사성장군이 즐비한 거대한 파티 같은 풍성하고 너그러운 풍경을 바
라보면서
나에게는 잔이 없다

투명하고 가벼웁고 쇠소리 나는 가벼운 잔이 없다
그리고 또 하나 지휘편(指揮鞭)이 없을 뿐이다

정치의 작전이 아닌
애정의 부름을 따라서
네가 떠나가기 전에
나는 나의 조심을 다하여 너의 내부를 살펴볼까
이브의 심장이 아닌 너의 내부에는
'시간은 시간을 먹는 듯이 바쁘기만 하다'는
기계가 아닌 자욱한 안개 같은
준엄한 태산 같은
시간의 퇴적뿐이 아닐 것이냐

죽음이 싫으면서
너를 딛고 일어서고
시간이 싫으면서
너를 타고 가야 한다

창조를 위하여
방향은 현대—

---

* 1950년대 미국에서 발명된 폭탄. 현재는 비인도적 무기로서 사용이 금지되었다.

거리 1

오래간만에 거리에 나와 보니
나의 눈을 흡수하는 모든 물건
그중에도
빈 사무실에 놓인 무심한
집물 이것저것

누가 찾아오지나 않을까 망설이면서
앉아 있는 마음
여기는 도회의 중심지
고개를 두리번거릴 필요도 없이
태연하다
—일은 나를 부르는 듯이
내가 일 위에 앉아 있는 듯이
그러나 필경 내가 일을 끌고 가는 것이다
일을 끌고 가는 것은 나다

헌 옷과 낡은 구두가 그리 모양수통하지 않다 느끼면서
나는 옛날에 죽은 친구를
잠시 생각한다

벽 위에 걸어 놓은 지도가
한없이 푸르다
이 푸른 바다와 산과 들 위에

화려한 태양이 날개를 펴고 걸어가는 것이다

구름도 필요 없고
항구가 없어도 아쉽지 않은
내가 바로 바라다보는
저 허연 석회 천정—
저것도
꿈이 아닌 꿈을 가리키는
내일의 지도다

스으라*여
너는 이 세상을 점으로 가리켰지만
나는
나의 눈을 찌르는 이 따가운 가옥과
집물과 사람들의 음성과 거리의 소리들을
커다란 해양의 한구석을 차지하는
조그마한 물방울로
그려 보려 하는데
차라리 어떠할까
—이것은 구차한 선비의 보잘것없는 일일 것인가

* 쇠라(Georges Seurat, 1859~1891). 프랑스 화가.(원주)

나비의 무덤

나비의 몸이야 제철이 가면 죽지마는
그의 몸에 붙은 고운 지분은
겨울의 어느 차디찬 등잔 밑에서 죽어 없어지리라
그러나
고독한 사람의 죽음은 이러하지는 않다

나는 노염으로 사무친 정의 소재를 밝히지 아니하고
운명에 거역할 수 있는
큰 힘을 가지고 있으면서
여기에 밀려 내려간다

등잔은 바다를 보고
살아 있는 듯이 나비가 죽어 누운
무덤 앞에서
나는 나의 할 일을 생각한다

나비의 지분이
그리고 나의 나이가
무서운 인생의 공백을 가르쳐 주려 할 때
나비의 지분에
나의 나이가 덮이려 할 때

나비야
나는 긴 숲 속을 헤치고
너의 무덤을 다시 찾아오마

물소리 새소리 낯선 바람 소리 다시 듣고
모자의 정보다 부부의 의리보다
더욱 뜨거운 너의 입김에
나의 고독한 정신을 녹이면서 우마

오늘이 있듯이 그날이 있는
두 겹 절벽 가운데에서
오늘은 오늘을 담당하지 못하니
너의 가슴 위에서는
나 대신 값없는 낙엽이라도 울어 줄 것이다

나비야 나비야 더러운 나비야
네가 죽어서 지분을 남기듯이
내가 죽은 뒤에는 고독의 명맥을 남기지 않으려고
나는 이다지도 주야를 무릅쓰고 애를 쓰고 있단다

나의 가족

고색이 창연한 우리 집에도
어느덧 물결과 바람이
신선한 기운을 가지고 쏟아져 들어왔다

이렇게 많은 식구들이
아침이면 눈을 부비고 나가서
저녁에 들어올 때마다
먼지처럼 인색하게 묻혀 가지고 들어온 것

얼마나 장구한 세월이 흘러갔던가
파도처럼 옆으로
혹은 세대를 가리키는 지층의 단면처럼 억세고도 아름다운 색깔—

누구 한 사람의 입김이 아니라
모든 가족의 입김이 합치어진 것
그것은 저 넓은 문창호의 수많은
틈 사이로 흘러들어 오는 겨울바람보다도 나의 눈을 밝게 한다

조용하고 늠름한 불빛 아래
가족들이 저마다 떠드는 소리도
귀에 거슬리지 않는 것은

내가 그들에게 전령(全靈)을 맡긴 탓인가
내가 지금 순한 고개를 숙이고
온 마음을 다하여 즐기고 있는 서책은
위대한 고대 조각의 사진

그렇지만
구차한 나의 머리에
성스러운 향수(鄕愁)와 우주의 위대감을 담아 주는 삽시간의 자극을
나의 가족들의 기미 많은 얼굴에 비하여 보아서는 아니 될 것이다

제각각 자기 생각에 빠져 있으면서
그래도 조금이나 부자연한 곳이 없는
이 가족의 조화와 통일을
나는 무엇이라고 불러야 할 것이냐

차라리 위대한 것을 바라지 말았으면
유순한 가족들이 모여서
죄 없는 말을 주고받는
좁아도 좋고 넓어도 좋은 방 안에서
나의 위대의 소재(所在)를 생각하고 더듬어 보고 짚어 보지 않았으면

거칠기 짝이 없는 우리 집안의
한없이 순하고 아득한 바람과 물결—
이것이 사랑이냐
낡아도 좋은 것은 사랑뿐이냐

국립도서관

모두들 공부하는 속에 와 보면 나도 옛날에 공부하던 생각이 난다
그리고 그 당시의 시대가 지금보다 훨씬 좋았다고
누구나 어른들은 말하고 있으나
나는 그 우열을 따지고 싶지는 않다
그러나 '그때는 그때이고 지금은 지금이라'고
구태여 달관하고 있는 지금의 내 마음에
샘솟아 나오려는 이 설움은 무엇인가
모독당한 과거일까
약탈된 소유권일까
그대들 어린 학도들과 나 사이에 놓여 있는
연령의 넘지 못할 차이일까……

전쟁의 모든 파괴 속에서
불사조같이 살아난 너의 몸뚱아리—
우주의 파편같이
혹은 혜성같이 반짝이는
무수한 잔재 속에 담겨 있는 또 이 무수한 몸뚱아리—들은
지금 무엇을 예의(銳意) 연마하고 있는가

흥분할 줄 모르는 나의 생리와
방향을 가리지 않고 서 있는 서가 사이에서

도적질이나 하듯이 희끗희끗 내어다보는 저 흰 벽들은
무슨 조류(鳥類)의 시뇨(屎尿)*와도 같다

오 죽어 있는 방대한 서책들

너를 보는 설움은 피폐한 고향의 설움일지도 모른다
예언자가 나지 않는 거리로 창이 난 이 도서관은
창설의 의도부터가 풍자적이었는지도 모른다

모두들 공부하는 속에 와 보면 나도 옛날에 공부하던 생각이 난다

* 대변과 소변.

거리 2

돈을 버는 거리의 부인이여
잠시 눈살을 펴고
눈에서는 독기를 빼고
자유로운 자세를 취하여 보아라

여기는 서울 안에서도 가장 번잡한 거리의 한 모퉁이
나는 오늘 세상에 처음 나온 사람 모양으로 쾌활하다
피곤을 잊어버리게 하는 밝은 태양 밑에는
모든 사람에게 불가능한 일이 없는 듯하다
나폴레옹만 한 호기(豪氣)는 없어도
나는 거리의 운명을 보고
달큼한 마음에 싸여서
어디로 가야 할지 모르는 마음―
무한히 망설이는 이 마음은 어둠과 절망의 어제를 위하여
사는 것이 아니고
너무나 기쁜 이 마음은 무슨 까닭인지 알 수는 없지만
확실히 어리석음에서 나오는 것은
아닐 텐데
―극장이여
나도 지나간 날에는 배우를 꿈꾸고 살던 때가 있었단다
무수한 웃음과 벅찬 감격이여 소생하여라

거리에 굴러다니는 보잘것없는 설움이여
진시황만큼은 강하지 않아도
나는 모든 사람의 고민을 아는 것 같다
어두운 도서관 깊은 방에서 육중한 백과사전을 농락하는 학자처럼
나는 그네들의 고민에 대하여만은 투철한 자신이 있다

지프차를 타고 가는 어느 젊은 사람이
유쾌한 표정으로 활발하게 길을 건너가는 나에게
인사를 한다
옛날의 동창생인가 하고 고개를 기웃거려 보았으나
그는 그 사람이 아니라
○○부의 어마어마한 자리에 앉은 과장이며 명사(名士)이다

사막의 한끝을 찾아가는 먼 나라의 외국 사람처럼 나는 어디로 가야
할지 모르겠다

지금은 이 번잡한 현실 위에 하나하나 환상을 붙여서 보지 않아도
좋다
꺼먼 얼굴이며 노란 얼굴이며 찌그러진 얼굴이며가 모두 환상과 현
실의 중간에 서서 있기에
나는 식인종같이 잔인한 탐욕과 강렬한 의욕으로 그중의 하나하나를

일일이 뚫어져라 하고 들여다보는 것이지만
　나의 마음은 달과 바람 모양으로 서늘하다

　그네, 마지막으로
　돈을 버는 거리의 부인이여
　잠시 눈살을 펴고
　찌그러진 입술을 펴라
　그네의 얼굴이 나의 눈앞에서
　어린아이들이 가지고 노는 도르라미* 모양으로 세찬 바람에 맴을 돌
기 전에

　도회의 흑점―
　오늘은 그것을 운운할 날이 아니다
　나는 오늘 세상에 처음 나온 사람 모양으로 쾌활하다
　―코에서 나오는 쇠 냄새가 그리웁다
　내가 잠겨 있는 정신의 초점은 감상과 향수가 아닐 것이다
　정적(靜寂)이 나의 가슴에 있고
　부드러움이 바로 내가 따라가는 것인 이상
　나의 긍지는 애드벌룬보다는 좀 더 무거울 것이며
　예지는 어느 연통(煙筒)보다도 훨씬 뾰죽하고 날카로울 것이다

암흑과 맞닿는 나의 생명이여
거리의 생명이여
거만과 오만을 잊어버리고
밝은 대낮에라도 겸손하게 지내는 묘리를 배우자

여기는 좁은 서울에서도 가장 번거로운 거리의 한 모퉁이
우울 대신에 수많은 기폭을 흔드는 쾌활
잊어버린 수많은 시편(詩篇)을 밟고 가는 길가에
영광의 집들이여 점포여 역사여
바람은 면도날처럼 날카로웁건만
어디까지 명랑한 나의 마음이냐
구두여 양복이여 노점상이여
인쇄소여 입장권이여 부채(負債)여 여인이여
그리고 여인 중에도 가장 아름다운 그네여
돈을 버는 거리의 부인들의 어색한 모습이여

* 바람개비.

영롱한 목표

새로운 목표는 이미 나타나고 있었다
죽음보다도 엄숙하게
귀고리보다도 더 가까운 곳에
종소리보다도 더 영롱하게
나는 오늘부터 지리교사 모양으로 벽을 보고 있을 필요가 없고
노쇠한 선교사 모양으로 낮잠을 자지 않고도 견딜 만한 강인성을 가
지고 있다
이러한 목표는 극장 의회 기계의 치차(齒車)
선박의 삭구(索具) 등을 주저(呪詛)*하지 않는다
사람이 지나간 자국 위에 서서 부르짖는 것은
개와 도회의 사기사(詐欺師)뿐이 아니겠느냐
모든 관념의 말단에 서서 생활하는 사람만이 이기는 법이다
새로운 목표는 이미 작업을 시작하고 있었다
역을 떠난 기차 속에서
능금을 먹는 아이들의 머리 위에서
설명이 필요하지 않은 희열 위에서
40년간의 조판 경험이 있는 근시안의 노직공의 가슴속에서
가장 심각한 나의 우둔 속에서
새로운 목표는 이미 나타나고 있었다
죽음보다도 엄숙하게
귀고리보다도 더 가까운 곳에
종소리보다도 더 영롱하게

* 저주(詛呪)의 뜻.

111

너는 언제부터 세상과 배를 대고 서기 시작했느냐

너는 언제부터 세상과 배를 대고 서기 시작했느냐
너와 나 사이에 세상이 있었는지
세상과 나 사이에 네가 있었는지
너무 밝아서 나는 웃음이 나온다

그러나 결코 너를 격하고 있는 세상에게 웃는 것은 아니리
너를 보고
너의 곁에 애처로울 만치 바싹 다가서서
내가 웃는 것은 세상을 향하여서가 아니라
너를 보고 짓는 짓궂은 웃음인 줄 알아라

음탕할 만치 잘 보이는 유리창
그러나 나는 너를 통하여 아무것도
보지 않고 있는지도 모른다
두려운 세상과 같이 배를 대고 있는
너의 대담성—
그래서 나는 구태여 너에게로 더 한걸음 바싹 다가서서
그리움도 잊어버리고 웃는 것이다

부끄러움도 모르고
밝은 빛만으로 너는 살아왔고

또 너는 살 것인데
투명의 대명사 같은 너의 몸을
지금 나는 은폐물같이 생각하고
기대고 앉아서
안도의 탄식을 짓는다
유리창이여
너는 언제부터 세상과 배를 대고 서기 시작했느냐

연기

연기(煙氣)는 누구를 위하여 일을 하는 것도 아니다
해발 이천육백 척의 고지에서
지렁이같이 꿈틀거리는 바닷바람이 무섭다고
구름을 향하여 도망하는 놈
숫자를 무시하고 사는지
이미 헤아릴 수 없이 오래된 연기

자의식에 지친 내가 너를
막상 좋아한다손 치더라도
네가 나에게 보이고 있는 시간이란
네가 달아나는 시간밖에는 없다

평화와 조화를 원하는 것이
아닌 현실의 선수(選手)
백화가 만발한 언덕 저편에
부처의 심사(心思) 같은 굴뚝이 허옇고
그 위에서 내뿜는 연기는
얼핏 생각하면 우습기도 하다

연기의 정체는 없어지기 위한 것이다
그리고

하필 꽃밭 넘어서
짓궂게 짓궂게 없어져 보려는
심술맞은 연기도 있는 것이다

영사판

고통의 영사판(映寫板) 뒤에 서서
어룽대며 변하여 가는 찬란한 현실을 잡으려고
나는 어떠한 몸짓을 하여야 되는가

하기는 현실이 고귀한 것이 아니라
영사판을 받치고 있는 주야를 가리지 않는 어둠이
표면에 비치는 현실보다 한 치쯤은 더
소중하고 신성하기도 한 것인지 모르지만

나의 두 어깨는 꺼부러지고
영사판 위에 비치는 길 잃은 비둘기와 같이 가련하게 된다

고통되는 점은
피가 통하는 듯이 느껴지는 것은
비둘기의 울음소리

구 구 구구구 구구

시원치 않은 이 울음소리만이
어째서 나의 뼈를 뚫고 총알같이 날쌔게 달아나는가

이때이다—
나의 온 정신에 화룡점정이 이루어지는 순간이

영사판 위의 모—든 검은 현실이 저마다 색깔을 입고
이미 멀리 달아나 버린 비둘기의 두 눈동자에까지
붉은 광채가 떠오르는 것을 보다

영사판 양편에 하나씩 서 있는
설움이 합쳐지는 내 마음 위에

헬리콥터

사람이란 사람이 모두 고민하고 있는
어두운 대지를 차고 이륙하는 것이
이다지도 힘이 들지 않는다는 것을 처음 깨달은 것은
우매한 나라의 어린 시인들이었다
헬리콥터가 풍선보다도 가벼웁게 상승하는 것을 보고
놀랄 수 있는 사람은 설움을 아는 사람이지만
또한 이것을 보고 놀라지 않는 것도 설움을 아는 사람일 것이다
그들은 너무나 오랫동안 자기의 말을 잊고
남의 말을 하여 왔으며
그것도 간신히 더듬는 목소리로밖에는 못해 왔기 때문이다
설움이 설움을 먹었던 시절이 있었다
이러한 젊은 시절보다도 더 젊은 것이
헬리콥터의 영원한 생리(生理)이다

1950년 7월 이후에 헬리콥터는
이 나라의 비좁은 산맥 위에 자태를 보이었고
이것이 처음 탄생한 것은 물론 그 이전이지만
그래도 제트기나 카고*보다는 늦게 나왔다
그렇지만 린드버그가 헬리콥터를 타고서
대서양을 횡단하지 않았기 때문에
우리는 지금 동양의 풍자(諷刺)를 그의 기체(機體) 안에 느끼고야 만다

비애의 수직선을 그리면서 날아가는 그의 설운 모양을
우리는 좁은 뜰 안에서뿐만 아니라
심지어는 항아리 속에서부터라도 내어다볼 수 있고
이러한 우리의 순수한 치정(痴情)을
헬리콥터에서도 내려다볼 수 있을 것을 짐작하기 때문에
"헬리콥터여 너는 설운 동물이다"

—자유
—비애

더 넓은 전망이 필요 없는 이 무제한의 시간 위에서
산도 없고 바다도 없고 진흙도 없고 진창도 없고 미련도 없이
앙상한 육체의 투명한 골격과 세포와 신경과 안구까지
모조리 노출 낙하시켜 가면서
안개처럼 가벼웁게 날아가는 과감한 너의 의사 속에는
남을 보기 전에 네 자신을 먼저 보이는
긍지와 선의가 있다
너의 조상들이 우리의 조상과 함께
손을 잡고 초동물(超動物) 세계 속에서 영위하던
자유의 정신의 아름다운 원형을
너는 또한 우리가 발견하고 규정하기 전에 가지고 있었으며

오늘에 네가 전하는 자유의 마지막 파편에
스스로 겸손의 침묵을 지켜 가며 울고 있는 것이다

* Cargo. 화물기.

서책

덮어 놓은 책은 기도와 같은 것
이 책에는
신(神)밖에는 아무도 손을 대어서는 아니 된다

잠자는 책이여
누구를 향하여 앉아서도 아니 된다
누구를 향하여 열려서도 아니 된다

지구에 묻은 풀잎같이
나에게 묻은 서책의 숙련―
순결과 오점이 모두 그의 상징이 되려 할 때
신이여
당신의 책을 당신이 여시오

잠자는 책은 이미 잊어버린 책
이다음에 이 책을 여는 것은
내가 아닙니다

병풍

병풍은 무엇에서부터라도 나를 끊어 준다

등지고 있는 얼굴이여

죽음에 취한 사람처럼 멋없이 서서

병풍은 무엇을 향하여서도 무관심하다

죽음의 전면(全面) 같은 너의 얼굴 위에

용이 있고 낙일(落日)이 있다

무엇보다도 먼저 끊어야 할 것이 설움이라고 하면서

병풍은 허위의 높이보다도 더 높은 곳에

비폭(飛瀑)을 놓고 유도(幽島)를 점지한다

가장 어려운 곳에 놓여 있는 병풍은

내 앞에 서서 죽음을 가지고 죽음을 막고 있다

나는 병풍을 바라보고

달은 나의 등 뒤에서 병풍의 주인 육칠옹 해사(六七翁 海士)*의 인장(印
章)을 비추어 주는 것이었다

---

* 조선 말기 문신이자 서예가였던 김성근(金聲根, 1835~1919)으로 추정된다. 해사는 김성근의 호.

바뀌어진 지평선

뮤즈여
용서하라
생활을 하여 나가기 위하여는
요만한 경박성이 필요하단다
시간의 표면에
물방울을 풍기어 가며
오늘을 울지 않으려고
너를 잊고 살아야 하는 까닭에
로날드 콜맨의 신작품을
눈여겨 살펴보며
피우기 싫은 담배를 피워 본다

어느 매춘부의 생활같이
다소곳한 분위기 안에서
오늘이 봄인지도 모르고
그래도 날개 돋친 마음을 위하여 너와 같이 걸어간다

흐린 봄철 어느 오후의 무기운 일기(日氣)처럼
그만한
우울이 또한 필요하다
세상을 속지 않고 걸어가기 위하여

나는 담배를 끄고
누구에게든지 신경질을 피우고 싶다

물에 빠지지 않기 위한
생활이 비겁하다고 경멸하지 말아라
뮤즈여
나는 공리적인 인간이 아니다
내가 괴로워하기보다도
남이 괴로워하는 양을 보기 위하여서도
나에게는 약간의 경박성이 필요한 것이다
지혜의 왕자처럼
눈 하나 까딱하지 아니하고
도사리고 앉아서
나의 원죄와 회한을 생각하기 전에
너의 생리부터 해부하여 보아야겠다
뮤즈여

클라크 게이블
그리고 너절한 대중잡지
타락한 오늘을 위하여서는
내가 '오늘'보다 더 깊이 떨어져야 할 것이다

그러나 사람들이 웃을까 보아
나는 적당히 넥타이를 고쳐 매고 앉아 있다
뮤즈여
너는 어제까지의 나의 세력
오늘은 나의 지평선이 바뀌어졌다

물은 물이고 불은 불일 것이지만
어제와 오늘이 다르고
오늘과 내일의 차이를 정시하기 위하여
하다못해 이와 같이 타락한 신문기자의
탈을 쓰고 살고 있단다

솔직한 고백을 싫어하는
뮤즈여
투기(妬忌)와 경쟁과 살인과 간음과 사기에 대하여서는
너에게 이야기하지 않으리라
적당한 음모는 세상의 것이다
이 어지러운 세상을 살아가기 위하여
나에게는 약간의 경박성이 필요하다
물 위를 날아가는 돌팔매질—
아슬아슬하게

세상에 배를 대고 날아가는 정신이여
너무나 가벼워서 내 자신이
스스로 무서워지는 놀라운 육체여
배반이여 모험이여 간악이여
간지러운 육체여
표면에 살아라
뮤즈여
너의 복부를랑 하늘을 바라보게 하고—

그러면
아름다움은 어제부터 출발하고
너의 육체는
오늘부터 출발하게 되는 것이다

콜맨, 게이블, 레이트, 디보스,
매리지,
하우스펠 에어리어
—(영국인들은 호스피탈 에어리어?)

뮤즈여
시인이 시의 뒤를 따라가기에는 싫증이 났단다

고갱, 녹턴 그리고
물새

모두 다 같이 나가는 지평선의 대열
뮤즈는 조금쯤 걸음을 멈추고
서정시인은 조금만 더 속보로 가라
그러면 대열은 일자(一字)가 된다

사과와 수첩과 담배와 같이
인간들이 걸어간다
뮤즈여
앞장을 서지 마라
그리고 너의 노래의 음계를 조금만
낮추어라
오늘의 우울을 위하여
오늘의 경박을 위하여

폭포

폭포는 곧은 절벽을 무서운 기색도 없이 떨어진다

규정할 수 없는 물결이
무엇을 향하여 떨어진다는 의미도 없이
계절과 주야를 가리지 않고
고매한 정신처럼 쉴 사이 없이 떨어진다

금잔화도 인가도 보이지 않는 밤이 되면
폭포는 곧은 소리를 내며 떨어진다

곧은 소리는 소리이다
곧은 소리는 곧은
소리를 부른다

번개와 같이 떨어지는 물방울은
취할 순간조차 마음에 주지 않고
나타(懶惰)*와 안정을 뒤집어 놓은 듯이
높이도 폭도 없이
떨어진다

* 나태(懶怠)와 같은 말.

수난로

견고한 것을 좋아하는 사람들이
팔을 고이고 앉아서 창을 내다보는
수난로(水煖爐)는 문명의 폐물(廢物)

삼월도 되기 전에
그의 내부에서는 더운 물이 없어지고
어둠이 들어앉는다

나는 이 어둠을 신이라고 생각한다

이 어두운 신은 밤에도 외출을 못하고 자기의 영토를 지킨다
―유일한 희망은 겨울을 기다리는 것이다

그의 가치는
왼손으로 글을 쓰는 소녀만이 알고 있다
그것은 그의 둥근 호흡기가 언제나 왼쪽에 달려 있기 때문이다

그러나 어디를 가 보나
그의 머리 위에 반드시 창이 달려 있는 것은
죄악이 아니겠느냐

공원이나 휴식이 필요한 사람들이
여름이면 그의 곁에 와서
곧잘 팔을 고이고 앉아 있으니까
그는 인간의 비극을 안다

그래서 그는 낮에도 밤에도
어둠을 지니고 있으면서
어둠과는 타협하는 법이 없다

꽃 2

꽃은 과거와 또 과거를 향하여
피어나는 것
나는 결코 그의 종자(種子)에 대하여
말하고 있는 것은 아니다
또한 설움의 귀결을 말하고자 하는 것도 아니다
오히려 설움이 없기 때문에 꽃은 피어나고

꽃이 피어나는 순간
푸르고 연하고 길기만 한 가지와 줄기의 내면은
완전한 공허를 끝마치고 있었던 것이다

중단과 계속과 해학이 일치되듯이
어지러운 가지에 꽃이 피어오른다
과거와 미래에 통하는 꽃
견고한 꽃이
공허의 말단에서 마음껏 찬란하게 피어오른다

지구의

지구의(地球儀)의 양극을 관통하는 생활보다는
차라리 지구의의 남극에 생활을 박아라
고난이 풍선같이 바람에 불리거든
너의 힘을 알리는 신호인 줄 알아라

지구의의 남극에는 검은 쇠꼭지가 심겨 있는지라—
무르익은 사랑을 돌리어 보듯이
북극이 망가진 지구의를 돌려라

쇠꼭지보다도 허망한 생활이 균형을 잃을 때
명정(酩酊)*한 정신이 명정을 찾듯이
너는 비로소 너를 찾고 웃어라

* 술에 몹시 취하다.

132

조그마한 세상의 지혜

조그마한 세상의 지혜를 배운다는 것은
설운 일이다

그것은 내일이 되면 포탄이 되어서
휘황하게 날아가야 할 지혜이기 때문이다

원한이 솟는 가슴속에서 발사되는
포탄은 어두운 하늘을 날아간다
빛이 없는 둥근 하늘에서는
검은 포탄의 꾸부러진 곡성(哭聲)이
정신의 주변보다 더 간지러웁고
계곡을 스쳐서 돌아가는
악마의 안막(眼膜) 같은
강물을 향하여
그가 어떠한 은근한 인사를 하였는지
아무도 모르는 일이다
작렬할 지점을 향하여
지극히 정확한 각도로 날아가는
포탄이
행복의 파편과 영광과 열도(熱度)로써
목적을 이루게 되기 전에

승패의 차이를 계산할 줄 아는
포탄의 이성이여

"너의 자결과 같은 맹렬한 자유가
여기 있다"

여름 아침

여름 아침의 시골은 가족과 같다
햇살을 모자같이 이고 앉은 사람들이 밭을 고르고
우리 집에도 어저께는 무씨를 뿌렸다
원활하게 굽은 산등성이를 바라보며
나는 지금 간밤의 쓰디쓴 후각과 청각과 미각과 통각(統覺)마저 잊어
버리려고 한다

물을 뜨러 나온 아내의 얼굴은
어느 틈에 저렇게 검어졌는지 모르나
차차 시골 동리 사람들의 얼굴을 닮아 간다
뜨거워질 햇살이 산 위를 걸어 내려온다
가장 아름다운 이기적인 시간 위에서
나는 나의 검게 타야 할 정신을 생각하며
구별을 용사(容赦)*하지 않는
밭고랑 사이를 무겁게 걸어간다

고뇌여

강물은 도도하게 흘러내려 가는데
천국도 지옥도 너무나 가까운 곳

사람들이여
차라리 숙련이 없는 영혼이 되어
씨를 뿌리고 밭을 갈고 가래질을 하고 고물개질을 하자

여름 아침에는
자비로운 하늘이 무수한 우리들의 사진을 찍으리라
단 한 장의 사진을 찍으리라

---

* 용서하여 놓아 준다는 뜻.

하루살이

나는 일손을 멈추고 잠시 무엇을 생각하게 된다
—살아 있는 보람이란 이것뿐이라고—
하루살이의 광무(狂舞)여

하루살이는 지금 나의 일을 방해한다
—나는 확실히 하루살이에게 졌다고 생각한다—
하루살이의 유희여

너의 모습과 너의 몸짓은
어쩌면 이렇게 자연스러우냐
소리없이 기고 소리 없이 날으다가
되돌아오고 되돌아가는 무수한 하루살이
—그러나 나의 머리 위에 천장에서는 너의 소리가 들린다—
하루살이의 반복(反覆)이여

불 옆으로 모여드는 하루살이여
벽을 사랑하는 하루살이여
감정을 잊어버린 시인에게로
모여드는 모여드는 하루살이여
—나의 시각을 쉬이게 하라—
하루살이의 황홀이여

자

가벼운 무게가 하늘을
생각하게 하는
자〔針尺〕의 우아(優雅)는 무엇인가

무엇이든지
재어 볼 수 있는 마음은
아무것도 재지 못할 마음

삶에 지친 자(者)여
자를 보라
너의 무게를 알 것이다

기자의 정열

4면의 신문 위에 6호 활자가 몇천 개 박혀 있는지 모르지만 너의 상상에서는 실제의 수십 배는 담겨 있으리라
이 무수한 활자 가운데에
신문기자인 너의 기사도
매일 조금씩은 끼이게 되는데
큰 아름드리나무에 박힌 옹이처럼 너는 네가 한 신문 기사를 매일 아침 게시판 위에서 찾아보는 버릇이 너도 모르게 어느덧 생기고 말았다
생각하면 그것은 둥근 옹이같이 어지러웁기만 한 일이지만
거기에는 초점이 없지도 않다
그러나 이 초점을 바라고 보는 것이 아니다
낭만적 위대성을 잊어버린 지 오랜 네가 인류를 위하여 산다는 것도 거짓말에 가까운 것이지만
그래도 누가 읽어 줄지 모르는 신문 한구석에 너의 피가 어리어 있는 것이 반가워서 보고 있는 것인가
기사라 하지만 네가 썼다고 알아주는 사람이 있어도 좋고 없어도 가히 무관한 것
그렇기에 한결 가벼운 휴식의 마음으로 쓰고 있을 수 있었던 것

오랜 피곤도 고통도 인내도 잊어버리고
새 사람 아닌 새 사람이 되어
아무도 모르고 너 혼자만이 아는

네가 쓴 기사 위에
황홀히 너를 찾아보는 아침이여
번개같이 가슴을 울리고 가는 묵은 생명과 새 희망의 무수한 충돌 충
돌……
누구의 힘보다 강하다고 믿어 오던
무색(無色)의 생활자가 네가 아니던가
자유여
아니 휴식이여
어려운 휴식이여
부르기 힘든 사람의 이름들
눈에는 보이지 않는 너무나 무거운
너의 짐
그리고 일락(逸樂), 안이, 허위……
모두 다 잊어버리고 나와서
태양의 다음가는 자유
자유의 다음가는 게시판
너무나 어려운 휴식이여
눈물이 흘러나올 여유조차 없는
게시판과 너 사이에
오늘의 생활이 있을진대
달관한 신문기자여

생각하지 말아라

"결혼 윤리의 좌절

　—행복은 어디에 있나?—"

이것이 어제 오후에 써 놓은 기사 대목으로

내일 조간분 사회면의 표독한 타이틀이 될 것이라고 해서

네가 이 두 시간의 중간 위에 서 있는 것이라고 해서

어려운 휴식

참으로 어려운

얻기 어려운 휴식

너의 긴 시간 속에 언제고 내포되어 있는 휴식

그러한 휴식이 찬란한 아침 햇빛 비치는 게시판 위에서 떠돌아다니

면서

희한한 상상과 무수한 활자를

너에게 눌러 주는 지금 이 순간에도

너는 아예 놀라지 말아라

너는 아예 놀라지 말아라

구름의 파수병

만약에 나라는 사람을 유심히 들여다본다고 하자
그러면 나는 내가 시와는 반역된 생활을 하고 있다는 것을 알 것이다

먼 산정에 서 있는 마음으로
나의 자식과 나의 아내와
그 주위에 놓인 잡스러운 물건들을 본다

그리고
나는 이미 정하여진 물체만을 보기로 결심하고 있는데
만약에 또 어느 나의 친구가 와서
나의 꿈을 깨워 주고
나의 그릇됨을 꾸짖어 주어도 좋다

함부로 흘리는 피가 싫어서
이다지 낡아 빠진 생활을 하는 것은 아니리라
먼지 낀 잡초 위에
잠자는 구름이여
고생도 마음대로 할 수 없는 세상에서는
철 늦은 거미같이 존재 없이 살기도 어려운 일

방 두 칸과 마루 한 칸과 말쑥한 부엌과 애처로운 처를 거느리고

외양만이라도 남들과 같이 살아간다는 것이 이다지도 쑥스러울 수가
있을까

시를 배반하고 사는 마음이여
자기의 나체를 더듬어 보고
살펴볼 수 없는 시인처럼
비참한 사람이 또 어디 있을까
거리에 나와서 집을 보고
집에 앉아서 거리를 그리던 어리석음도 이제는 모두 사라졌나 보다
날아간 제비와 같이

날아간 제비와 같이 자국도 꿈도 없이
어디로인지 알 수 없으나
어디로이든 가야 할 반역의 정신

나는 지금 산정에 있다—
시를 반역한 죄로
이 메마른 산정에서 오랫동안 꿈도 없이 바라보아야 할 구름
그리고 그 구름의 파수병인 나

백의

내가 비로소 여유를 갖게 된 것은

거리에서와 마찬가지로 집 안에 있어서도 저 무시무시한 백의(白蟻)를 보기 시작한 때부터이었다

백의는 자동식 문명의 천재이었기 때문에 그의 소유주에게는

일언의 약속도 없이 제가 갈 길을 자유자재로 찾아다니었다

그는 나같이 몸이 약하지 않은 점에 주요한 원인이 있겠지만

뇌신(雷神)보다 더 사나웁게 사람들을 울리고

뮤즈보다도 더 부드러웁게 사람들의 상처를 쓰다듬어 준다

질책의 권리를 주면서 질책의 행동을 주지 않고

어떤 나라의 지폐보다도 신용은 있으나

신체가 너무 왜소한 까닭에 사람들의 눈에 띄지를 않는다

고대 형이상학자들은 그를 보고 '양극의 합치'라든가 혹은 '거대한 희열'이라고 부르고 있었지만

19세기 시인들은 그를 보고 '도피의 왕자' 혹은 단순히 '여유'라고 불렀다

그는 남미의 어느 면공업자의 서자로 태어나서

나이아가라 강변에서 수도공사(隧道工事)에 정신(挺身)하고 있었다 하며

그의 모친은 희랍인이라고 한다

양안(兩眼)이 모두 담홍색을 하고 있는 것으로 보아

그가 오랜 세월을 암야(暗夜) 속에서 살고 있었던 것만은 확실하다고

나는 생각한다

　나의 맏누이동생이 그를 '허니'라고 부르고 있는 것이 아니꼬워서

　내가 어느 날 그에게 '마신(魔神)'이라는 별명을 붙였더니

　그는 대뜸

　"오빠는 어머니보다도 더 완고하다"고 하면서

　나를 도리어 꾸짖는 척한다

　(그가 나를 진심으로 꾸짖지 않았다는 것을

　나는 그의 은근하고 매혹적인 표정에서 능히 감득할 수 있었다)

　—비참한 것은 백의이다

　그는 한국에 수입되어 가지고 완전한 고아가 되었고

　거리에 흩어진 월간 대중잡지 위에 매월 그의 사진이 게재되어 왔을
뿐만 아니라

　어느 삼류 신문의 사회면에는 간혹 그의 구제금 응모 기사 같은 것이
나오고 있다

　나는 이러한 사진과 기사를 볼 때마다

　이것은 《애틀랜틱》과 《하퍼스》의 광고부의 분실(分室)이 나타났다고

　이곳 저널리스트의 역습의 묘리에 감탄하고 있었는데

　백의는 이와 같은 나의 안심과 태만을 비웃는 듯이

　어느 틈에 우리 가정의 내부에까지 침입하여 들어와서

　신심양면의 허약증으로 신음하고 있는 나를 독촉하여

　「희랍인을 모친으로 가진 미국인에게 대한 호소문」과 「정신상(精神

上)으로 본 희랍의 독립선언서」를 써서

　　전자를 현재 일리노이 주에 있는 자기의 모친에게 보내고

　　후자는 희랍 독립박물관 관장에게 보내 달라고 한다

　　이러한 그의 무리한 요청에 대하여 나는 하는 수 없이

　　"그것은 나의 역량 이상의 것이므로 신세계극단의 연출자 S씨를 찾
아가 보라"고

　　터무니없는 거짓말을 하여가지고 즉석에 거절하여 버렸다

　　오히려 이와 같은 나의 경멸과 강의(剛毅)로 인하여

　　나는 그날부터 그를 진심으로 사랑하게 되었다

　　그러나 바로 어저께 내가 오래간만에 거리에 나가니

　　나의 친구들은 모조리 나를 회피하는 눈치이었다

　　그중의 어느 시인은 다음과 같이 나에게 욕을 하였다

　　"더러운 자식 너는 백의와 간통하였다지? 너는 오늘부터 시인이 아
니다⋯⋯"

　　―백의의 비극은 그가 현대의 경제학을 등한히 하였을 때에서부터
시작되었던 것이다

예지

바늘구멍만 한 예지(叡智)를 바라면서 사는 자의 설움이여
너는 차라리 부정한 자가 되라
오늘
이 헐벗은 거리에 가슴을 대고
뒤집어진 부정이 정의가 되지 않더라도

그러면 너의 벗들과
너의 이웃 사람들의 얼굴이
바늘구멍 저쪽에 떠오르리라
축소와 확대의 중간에 선 그들의 얼굴
강력과 기도가 일체가 되는 거리에서
너는 비로소 겸허를 배운다

바늘구멍만 한 예지의 저쪽에서 사는 사람들이여
나의 현실의 메트르*여
어제와 함께 내일에 사는 사람들이여
강력한 사람들이여……

* maître. 주인, 선생, 지배자라는 뜻의 프랑스어.

눈

눈은 살아 있다
떨어진 눈은 살아 있다
마당 위에 떨어진 눈은 살아 있다

기침을 하자
젊은 시인이여 기침을 하자
눈 위에 대고 기침을 하자
눈더러 보라고 마음 놓고 마음 놓고
기침을 하자

눈은 살아 있다
죽음을 잊어버린 영혼과 육체를 위하여
눈은 새벽이 지나도록 살아 있다

기침을 하자
젊은 시인이여 기침을 하자
눈을 바라보며
밤새도록 고인 가슴의 가래라도
마음껏 뱉자

서시

나는 너무나 많은 첨단의 노래만을 불러왔다
나는 정지의 미에 너무나 등한하였다
나무여 영혼이여
가벼운 참새같이 나는 잠시 너의
흉하지 않은 가지 위에 피곤한 몸을 앉힌다
성장은 소크라테스 이후의 모든 현인들이 하여 온 일
정리는
전란에 시달린 20세기 시인들이 하여 놓은 일
그래도 나무는 자라고 있다 영혼은
그리고 교훈은 명령은
나는
아직도 명령의 과잉을 용서할 수 없는 시대이지만
이 시대는 아직도 명령의 과잉을 요구하는 밤이다
나는 그러한 밤에는 부엉이의 노래를 부를 줄도 안다

지지한 노래를
더러운 노래를 생기 없는 노래를
아아 하나의 명령을

영교일(靈交日)

나는 젊은 사나이의 그 눈초리를 보았다
흔들리는 자동차 속에서 창밖의 풍경이 흔들리듯
그의 가장 깊은 영혼이 흔들리는 것을 보았다

바람도 불지 않는 나무에서 열매가 떨어지듯 나의 마음에서 수없이
떨어져 내리는 휴식의 열매
뒷걸음질치는 것은 분격(憤激)인가 조소인가 회한인가
무수한 궤도여

위안이 되지 않는 시를 쓰는 시인을 건져 주기 전에
신이여
그 사나이의 눈초리를 보셨나요
잊어버려야 할 그 눈초리를

굵은 밧줄 밑에 뒹구는
구렁이가 악몽이 될 수 있겠나요
무수한 공허 밑에 살찌는 공허보다
더 무서운 악몽이 있나요
시내 위에 떨어지는 빗방울을 보셨나요
그것보다도 흔적이 더 없는 내어버린 자아도
하하! 우주의 비밀을

아니
비밀은 비밀을 먹는 것인가요
하하하……

광야

이제 나는 광야에 드러누워도
시대에 뒤떨어지지 않는 나를 발견하였다
　　　　　　　시대의 지혜
너무나 많은 나침반이여
밤이 산등성이를 넘어 내리는 새벽이면
모기의 피처럼
시인이 쏟고 죽을 오욕의 역사
　　　　　　　그러나 오늘은 산보다도
　　　　　　　그것은 나의 육체의 융기

이제 나는 광야에 드러누워도
공동의 운명을 들을 수 있다
　　　　　　　피로와 피로의 발언
시인이 황홀하는 시간보다도 더 맥없는 시간이 어디 있느냐
도피하는 친구들
양심도 가지고 가라 휴식도—
우리들은 다 같이 산등성이를 내려가는 사람들
　　　　　　　그러나 오늘은 산보다도
　　　　　　　그것은 나의 육체의 융기

광야에 와서 어떻게 드러누울 줄을 알고 있는

나는 너무나도 악착스러운 몽상가
조잡한 천지(天地)여
간디의 모방자여
여치의 나래 밑의 고단한 밤잠이여
"시대에 뒤떨어지는 것이 무서운 게 아니라
어떻게 뒤떨어지느냐가 무서운 것"이라는 죽음의 잠꼬대여
그러나 오늘은 산보다도
그것은 나의 육체의 융기

봄밤

애타도록 마음에 서둘지 말라
강물 위에 떨어진 불빛처럼
혁혁한 업적을 바라지 말라
개가 울고 종이 들리고 달이 떠도
너는 조금도 당황하지 말라
술에서 깨어난 무거운 몸이여
오오 봄이여

한없이 풀어지는 피곤한 마음에도
너는 결코 서둘지 말라
너의 꿈이 달의 행로와 비슷한 회전을 하더라도
개가 울고 종이 들리고
기적 소리가 과연 슬프다 하더라도
너는 결코 서둘지 말라
서둘지 말라 나의 빛이여
오오 인생이여

재앙과 불행과 격투와 청춘과 천만인의 생활과
그러한 모든 것이 보이는 밤
눈을 뜨지 않은 땅속의 벌레같이
아둔하고 가난한 마음은 서둘지 말라

애타도록 마음에 서둘지 말라

절제여

나의 귀여운 아들이여

오오 나의 영감(靈感)이여

채소밭 가에서

기운을 주라 더 기운을 주라
강바람은 소리도 고웁다
기운을 주라 더 기운을 주라
달리아가 움직이지 않게
기운을 주라 더 기운을 주라
무성하는 채소밭 가에서
기운을 주라 더 기운을 주라
돌아오는 채소밭 가에서
기운을 주라 더 기운을 주라
바람이 너를 마시기 전에

초봄의 뜰 안에

초봄의 뜰 안에 들어오면
서편으로 난 난간문 밖의 풍경은
모름지기
보이지 않고

황폐한 강변을
영혼보다도 더 새로운 해빙의 파편이
저 멀리
흐른다

보석 같은 아내와 아들은
화롯불을 피워 가며 병아리를 기르고
짓이긴 파 냄새가 술 취한
내 이마에 신약(神藥)처럼 생긋하다

흐린 하늘에 이는 바람은
어제가 다르고 오늘이 다른데
옷을 벗어 놓은 나의 정신은
늙은 바위에 앉은 이끼처럼 추워라

겨울이 지나간 밭고랑 사이에 남은

고독은 신의 무재주와 사기라고
하여도 좋았다

비

비가 오고 있다
여보
움직이는 비애를 알고 있느냐

명령하고 결의하고
'평범하게 되려는 일' 가운데에
해초처럼 움직이는
바람에 나부껴서 밤을 모르고
언제나 새벽만을 향하고 있는
투명한 움직임의 비애를 알고 있느냐
여보
움직이는 비애를 알고 있느냐

순간이 순간을 죽이는 것이 현대
현대가 현대를 죽이는 '종교'
현대의 종교는 '출발'에서 죽는 영예(榮譽)
그 누구의 시처럼

　　그러나 여보
　　비 오는 날의 마음의 그림자를
　　사랑하라

너의 벽에 비치는 너의 머리를
　　　사랑하라
비가 오고 있다
움직이는 비애여

결의하는 비애
변혁하는 비애……
현대의 자살
그러나 오늘은 비가 너 대신 움직이고 있다
무수한 너의 '종교'를 보라

계사(鷄舍) 위에 울리는 곡괭이 소리
동물의 교향곡
잠을 자면서 머리를 식히는 사색가
―모든 곳에 너무나 많은 움직임이 있다

여보
비는 움직임을 제(制)하는 결의
움직이는 휴식

여보

그래도 무엇인가가 보이지 않느냐
그래서 비가 오고 있는데!

반주곡

일어서 있는 너의 얼굴
일어서 있는 너의 얼굴
악골(顎骨)에서 내려가는 너의 경련
—이것이 생활이다

나의 여자들의 더러운 발은 생활의 숙제

온돌 위에 서 있는 빌딩
하늘 위에 서 있는 꽃 위에로
하늘에서 내려오는 연령의 여유
시도 그런 여유에는 대항할 수 없고
지혜는 일어서 있는 너의 얼굴

종교의 연필 자국이 두드러진
청춘의 붉은 희롱?

"고맙습니다, 고맙습니다"
역사의 숙제, 발을 벗는 일,
연결의 '사도(使徒)'—일어선 것과 앉은 것의
불가사의에 신음하는 나

"고맙습니다, 고맙습니다"
서양과 동양의 차이
나는 여유 있는 시인—쉬페르비엘이
물에 빠진 뒤에 나는 젤라틴을 통해서
시의 진지성을 본다

내용은 술집, 내용은 나, 내용은 도시,
내용은 그림자,
그림자의 비밀
종교의 획득은 종교를 잃었을 때부터 시작되었고
나는 그때부터 차차 늙어 가는 탈을 썼다

"고맙습니다, 고맙습니다"
일어서 있는 너의 얼굴은
오늘 밤의
앉아 있는 내 방의 촛불 같은 재산, 보석이여

말복

시냇물 소리 푸르고 희고 잔잔한 물소리
숲과 숲 사이의 하늘을 향해서
우는 매미
흙빛 매미여
달팽이는 닭이 먹고
구더기 바람에 우는 소리 나면

물소리는 먼 하늘을 찢고 달아난다
바람이 바람을 쫓고 생명을 쫓는다
강아지풀 사이에 가지는 익고
인가 사이에서 기적처럼 자라나는 무성한 버드나무
연녹색,
하늘의 빛보다도 분간 못할 놈……

버드나무 발아래의 나팔꽃도 그렇다
앙상한 연분홍,
오므라질 때는 무궁화는 그보다 조금쯤 더 길고
진한 빛,
죽음의 빛인지도 모르는 놈……

*

거역하라 거역하라……
가을이 오기 전에는
내 팔은 좀체로 제대로 길이를 갖지 못하고

그래도 햇빛을 가리킨다

풀잎 끝에서 일어나듯이
태양은 자기가 내린 것을 거둬들이는데
시들은 자국을 남기지만 도처에서
도처에서
즉결하는 영혼이여
완전한 놈……
구름 끝에 혀를 대는 잎사귀처럼
몸을 떨며
귀 기울이려 할 때
그 무수한 말 중의 제일 첫마디는
"나는 졌노라……"

*

자연은 ‘여행’을 하지 않는다

*

그러나 오늘은 말복도 다 아니 갔으며
밤에는 물고기가 물 밖으로
달빛을 때리러 나온다

영원한 한숨이여

사치

어둠 속에 비치는 해바라기와…… 주전자와…… 흰 벽과……
불을 등지고 있는 성황당이 보이는
그 산에는 겨울을 가리키는 바람이 일기 시작하네

나들이를 갔다 온 씻은 듯한 마음에 오늘 밤에는 아내를 껴안아도 좋
으리
밋밋한 발회목에 내 눈이 자꾸 가네
내 눈이 자꾸 가네

새로 파논 우물전에서 도배를 하고 난 귀얄*을 씻고 간 두붓집 아가
씨에게
무어라고 수고의 인사를 해야 한다지
나들이를 갔다가 아들놈을 두고 온 안방 건넌방은 빈집 같구나
문명(文明)된 아내에게 '실력을 보이자면' 무엇보다도 먼저
발이라도 씻고 보자
냉수도 마시자
맑은 공기도 마시어 두자

자연이 하라는 대로 나는 할 뿐이다
그리고 자연이 느끼라는 대로 느끼고
나는 실망하지 않을 것이다

의지의 저쪽에서 영위하는 아내여
길고 긴 오늘 밤에 나의 사치를 받기 위하여
어서어서 불을 *끄자*
불을 *끄자*

* 풀이나 옻을 칠할 때 쓰는 솔.

밤

부정한 마음아

밤이 밤의 창을 때리는구나

너는 이런 밤을 무수한 거부 속에 헛되이 보냈구나

또 지금 헛되이 보내고 있구나

하늘 아래 비치는 별이 아깝구나

사랑이여

무된 밤에는 무된 사람을 축복하자

말

―K · M에게

당신을 찾아갔다는 것은 현실을 직시하기 위하여서였다

마침 당신은 집에 없고 당신의 아우만이 나와서 당신이 없다고 한다

부산에서 언제 올라왔느냐고 헛말이라도 물어보아야 할 것을

나는 총에 맞는 새같이 가련하게도 당신의 집을 나와 버렸다

그 아우는 물론 들어와서 쉬어 가라고 미소를 띠우면서 권하였다

흔적은 없어도 전재(戰災)를 입은 것만 같은 (그렇게 그 문은 나에게는 너무나 컸다)

낡은 대문 사이에 매일같이 흐르는 강물이 오늘에야 비로소 꽉 차 있다

설움의 탓이라고 이 새로운 현상을 경시하면서도

어제와 같이 다시는 '헛소리'를 하지 않으려고 결심하면서

자꾸 수그러져 가는 눈을 들어 강과 대안(對岸)의 찬란한 불빛을 본다

햇불로 검은 물속을 비춰 가며 고기를 잡는 배가 증언처럼 다가오고

나는 당신의 아우에게로 뛰어가서 나의 '말'을 하지 못하는 나를 미
워하였다

동맥(冬麥)

내 몸은 아파서
태양에 비틀거린다
내 몸은 아파서
태양에 비틀거린다

믿는 것이 있기 때문이다
믿는 것이 있기 때문이다
광선의 미립자와 분말이 너무도 시들하다
(압박해 주고 싶다)
뒤집어진 세상의 저쪽에서는
나는 비틀거리지도 않고 타락도 안 했으리라
그러나 이 눈망울을 휘덮는 시퍼런 작열의 의미가 밝혀지기까지는
나는 여기에 있겠다

햇빛에는 겨울 보리에 싹이 트고
강아지는 낑낑거리고
골짜기들은 평화롭지 않으냐—
평화의 의지를 말하고 있지 않으냐

울고 간 새와
울러 올 새의
적막 사이에서

자장가

아가야 아가야
열 발가락이 다 나와 있네
엄마가
만들어 준 빨간 양말에서

아가야 아가야
기저귀 위에는 나일론 종이까지 감겨져 있네
엄마는
바지가 젖는 것이 무서웁단다

아가야 아가야
돌도 아니 된 너는 머리도 한번 깎지를 않고
엄마는
너를 보고 되놈이라고 부르지

아가야 아가야
네 모양이 우스워서 노래를 부르자니
엄마는
하필 국민학교 놈의 국어 공책을 집어 주지

모리배

언어는 나의 가슴에 있다
나는 모리배들한테서
언어의 단련을 받는다
그들은 나의 팔을 지배하고 나의
밥을 지배하고 나의 욕심을 지배한다

그래서 나는 우둔한 그들을 사랑한다
나는 그들을 생각하면서 하이데거를
읽고 또 그들을 사랑한다
생활과 언어가 이렇게까지 나에게
밀접해진 일은 없다

언어는 원래가 유치한 것이다
나도 그렇게 유치하게 되었다
그러니까 내가 그들을 사랑하지 않을 수가 없다
아아 모리배여 모리배여
나의 화신이여

생활

시장 거리의 먼지 나는 길 옆의
좌판 위에 쌓인 호콩 마마콩 멍석의
호콩 마마콩이 어쩌면 저렇게 많은지
나는 저절로 웃음이 터져 나왔다

모든 것을 제압하는 생활 속의
애정처럼
솟아오른 놈

(유년의 기적을 잃어버리고
얼마나 많은 세월이 흘러갔나)

여편네와 아들놈을 데리고
낙오자처럼 걸어가면서
나는 자꾸 허허…… 웃는다

무위와 생활의 극점을 돌아서
나는 또 하나의 생활의 좁은 골목 속으로
들어서면서
이 골목이라고 생각하고 무릎을 친다

생활은 고절(孤絶)이며
비애였다
그처럼 나는 조용히 미쳐 간다
조용히 조용히……

달밤

언제부터인지 잠을 빨리 자는 습관이 생겼다
밤거리를 방황할 필요가 없고
착잡한 머리에 책을 집어들 필요가 없고
마지막으로 몽상을 거듭하기도 피곤해진 밤에는
시골에 사는 나는—
달 밝은 밤을
언제부터인지 잠을 빨리 자는 습관이 생겼다

이제 꿈을 다시 꿀 필요가 없게 되었나 보다
나는 커단 서른아홉 살의 중턱에 서서
서슴지 않고 꿈을 버린다

피로를 알게 되는 것은 과연 슬픈 일이다
밤이여 밤이여 피로한 밤이여

사령(死靈)

……활자는 반짝거리면서 하늘 아래에서
간간이
자유를 말하는데
나의 영(靈)은 죽어 있는 것이 아니냐

벗이여
그대의 말을 고개 숙이고 듣는 것이
그대는 마음에 들지 않겠지
마음에 들지 않아라

모두 다 마음에 들지 않아라
이 황혼도 저 돌벽 아래 잡초도
담장의 푸른 페인트빛도
저 고요함도 이 고요함도

그대의 정의도 우리들의 섬세도
행동이 죽음에서 나오는
이 욕된 교외에서는
어제도 오늘도 내일도 마음에 들지 않아라

그대는 반짝거리면서 하늘 아래에서

간간이
자유를 말하는데
우스워라 나의 영은 죽어 있는 것이 아니냐

가옥 찬가

무더운 자연 속에서
검은 손과 발에 마구 상처를 입고 와서
병든 사자처럼
벌거벗고 지내는
나는 여름

석간(夕刊)에 폭풍경보를 보고
배를 타고 가는 사람을
습관에서가 아니라 염려하고
삼 년 전에 심은 버드나무의 악마 같은
그림자가 뿜는 아우성 소리를 들으며

집과 문명을 새삼스럽게
즐거워하고 또 비판한다

하얗게 마른 마루 틈 사이에서
들어오는 바람에서
느끼는 투지와 애정은 젊다

자연을 보지 않고 자연을 사랑하라
목가가 여기 있다고 외쳐라

폭풍의 목가가 여기 있다고 외쳐라

목사여 정치가여 상인이여 노동자여
실직자여 방랑자여
그리고 나와 같은 집 없는 걸인이여
집이 여기에 있다고 외쳐라

하얗게 마른 마루 틈 사이에서
검은 바람이 들어온다고 외쳐라
너의 머리 위에
너의 몸을 반쯤 가려 주는 길고
멋진 양철 차양이 있다고 외쳐라

싸리꽃 핀 벌판

피로는 도회뿐만 아니라 시골에도 있다
푸른 연못을 넘쳐흐르는 장마통의
싸리꽃 핀 벌판에서
나는 왜 이다지도 피로에 집착하고 있는가
기적 소리는 문명의 밑바닥을 가고
형이상학은 돈지갑처럼
나의 머리 위에서 떨어진다

동야(凍夜)

벽 뒤로 퍼진 원근 속에
밤이
가벼웁게 개울을 갖고

개울은 달빛으로 얼음 위에
얼음을 놓았는데

너무 고요해서 잠에서 깨어나

내가 비는 것은
이 무한한 웃음의 가슴속에
그 얼음이 더 얼라는
내일의 주부(呪符)이었다

미스터 리에게

나는 어느 날 뒷골목의 발코니 위에 나타난
생활에 얼이 빠진 여인의 모습을 다방의 창 너머로 별견(瞥見)*하였
기 때문에
다음과 같은 쪽지를 미스터 리한테 적어 놓고
시골로 떠났다

"태양이 하나이듯이
생활은 어디에 가 보나 하나이다
미스터 리!

절벽에 올라가 돌을 차듯이
생활을 아는 자는
태양 아래에서
생활을 차던진다
미스터 리!

문명에 대항하는 비결은
당신 자신이 문명이 되는 것이다
미스터 리!"

* 얼른 슬쩍 본다는 뜻.

사랑

어둠 속에서도 불빛 속에서도 변치 않는
사랑을 배웠다 너로 해서

그러나 너의 얼굴은
어둠에서 불빛으로 넘어가는
그 찰나에 꺼졌다 살아났다
너의 얼굴은 그만큼 불안하다

번개처럼
번개처럼
금이 간 너의 얼굴은

꽃

심연은 나의 붓끝에서 퍼져 가고
나는 멀리 세계의 노예들을 바라본다
진개(塵芥)와 분뇨를 꽃으로 마구 바꿀 수 있는 나날
그러나 심연보다도 더 무서운 자기 상실에 꽃을 피우는 것은 신이고

나는 오늘도 누구에게든 얽매여 살아야 한다

돼지우리에 새가 날고
국화꽃은 밤이면 더한층 아름답게 이슬에 젖는데
올겨울에도 산 위의 초라한 나무들을 뿌리만 간신히 남기고 샅샅이
잘라 갈 동네 아이들……
손도 안 씻고
쥐똥도 제멋대로 내버려 두고
닭에는 발등을 물린 채
나의 숙제는 미소이다
밤과 낮을 건너서 도회의 저편에
영영 저물어 사라져 버린 미소이다

파리와 더불어

다병(多病)한 나에게는
파리도 이미 어제의 파리는 아니다

이미 오래전에 일과를 전폐해야 할
문명이
오늘도 또 나를 이렇게 괴롭힌다

싸늘한 가을바람 소리에
전통은
새처럼 겨우 나무 그늘 같은 곳에
정처를 찾았나 보다

병을 생각하는 것은
병에 매어달리는 것은
필경 내가 아직 건강한 사람이기 때문이리라
거대한 비애를 갖고 있는 사람이기 때문이리라
거대한 여유를 갖고 있는 사람이기 때문이리라

저 광막한 양지 쪽에 반짝거리는
파리의 소리 없는 소리처럼
나는 죽어 가는 법을 알고 있는 사람이기 때문이리라

파밭 가에서

삶은 계란의 껍질이
벗겨지듯
묵은 사랑이
벗겨질 때
붉은 파밭의 푸른 새싹을 보아라
얻는다는 것은 곧 잃는 것이다

먼지 앉은 석경 너머로
너의 그림자가
움직이듯
묵은 사랑이
움직일 때
붉은 파밭의 푸른 새싹을 보아라
얻는다는 것은 곧 잃는 것이다

새벽에 준 조로의 물이
대낮이 지나도록 마르지 않고
젖어 있듯이
묵은 사랑이
뉘우치는 마음의 한복판에
젖어 있을 때

붉은 파밭의 푸른 새싹을 보아라
얻는다는 것은 곧 잃는 것이다

하…… 그림자가 없다

우리들의 적은 늠름하지 않다
우리들의 적은 커크 더글러스나 리처드 위드마크 모양으로 사나웁지
도 않다
그들은 조금도 사나운 악한이 아니다
그들은 선량하기까지도 하다
그들은 민주주의자를 가장하고
자기들이 양민이라고도 하고
자기들이 선량이라고도 하고
자기들이 회사원이라고도 하고
전차를 타고 자동차를 타고
요릿집엘 들어가고
술을 마시고 웃고 잡담하고
동정하고 진지한 얼굴을 하고
바쁘다고 서두르면서 일도 하고
원고도 쓰고 치부도 하고
시골에도 있고 해변가에도 있고
서울에도 있고 산보도 하고
영화관에도 가고
애교도 있다
그들은 말하자면 우리들의 곁에 있다

우리들의 전선(戰線)은 눈에 보이지 않는다
그것이 우리들의 싸움을 이다지도 어려운 것으로 만든다
우리들의 전선은 된케르크*도 노르망디도 연희고지**도 아니다
우리들의 전선은 지도책 속에는 없다
그것은 우리들의 집안 안인 경우도 있고
우리들의 직장인 경우도 있고
우리들의 동리인 경우도 있지만……
보이지는 않는다

우리들의 싸움의 모습은 초토작전이나
「건 힐의 혈투」***모양으로 활발하지도 않고 보기 좋은 것도 아니다
그러나 우리들은 언제나 싸우고 있다
아침에도 낮에도 밤에도 밥을 먹을 때에도
거리를 걸을 때도 환담을 할 때도
장사를 할 때도 토목 공사를 할 때도
여행을 할 때도 울 때도 웃을 때도
풋나물을 먹을 때도
시장에 가서 비린 생선 냄새를 맡을 때도
배가 부를 때도 목이 마를 때도
연애를 할 때도 졸음이 올 때도 꿈속에서도
깨어나서도 또 깨어나서도 또 깨어나서도……

수업을 할 때도 퇴근시에도
사이렌 소리에 시계를 맞출 때도 구두를 닦을 때도……
우리들의 싸움은 쉬지 않는다

우리들의 싸움은 하늘과 땅 사이에 가득 차 있다
민주주의의 싸움이니까 싸우는 방법도 민주주의식으로 싸워야 한다
하늘에 그림자가 없듯이 민주주의의 싸움에도 그림자가 없다
하…… 그림자가 없다

하…… 그렇다……
하…… 그렇지……
아암 그렇구말구…… 그렇지 그래……
응응…… 응…… 뭐?
아 그래…… 그래 그래.

---

*   프랑스 북부의 도시. 제2차 세계대전 당시 연합군의 유명한 철수 작전이 있었던 곳.
**   한국전쟁 당시 격전이 벌어진 곳.
*** 존 스터지스 감독의 1959년 작 서부영화.

우선 그놈의 사진을 떼어서 밑씻개로 하자

우선 그놈의 사진을 떼어서 밑씻개로 하자
그 지긋지긋한 놈의 사진을 떼어서
조용히 개굴창에 넣고
썩어진 어제와 결별하자
그놈의 동상이 선 곳에는
민주주의의 첫 기둥을 세우고
쓰러진 성스러운 학생들의 웅장한
기념탑을 세우자
아아 어서어서 썩어 빠진 어제와 결별하자

이제야말로 아무 두려움 없이
그놈의 사진을 태워도 좋다
협잡과 아부와 무수한 악독의 상징인
지긋지긋한 그놈의 미소하는 사진을―
대한민국의 방방곡곡에 안 붙은 곳이 없는
그놈의 점잖은 얼굴의 사진을
동회란 동회에서 시청이란 시청에서
회사란 회사에서
××단체에서 ○○협회에서
하물며는 술집에서 음식점에서 양화점에서
무역상에서 가솔린 스탠드에서

책방에서 학교에서 전국의 국민학교란 국민학교에서 유치원에서
선량한 백성들이 하늘같이 모시고
아침저녁으로 우러러보던 그 사진은
사실은 억압과 폭정의 방패였느니
썩은 놈의 사진이었느니
아아 살인자의 사진이었느니

너도 나도 누나도 언니도 어머니도
철수도 용식이도 미스터 강도 유중사도
강중령도 그놈의 속을 모르는 바는 아니었지만
무서워서 편리해서 살기 위해서
빨갱이라고 할까 보아 무서워서
돈을 벌기 위해서는 편리해서
가련한 목숨을 이어 가기 위해서
신주처럼 모셔 놓던 의젓한 얼굴의
그놈의 속을 창자 밑까지도 다 알고는 있었으나
타성같이 습관같이
그저그저 쉬쉬하면서
할 말도 다 못하고
기진맥진해서
그저그저 걸어만 두었던

흉악한 그놈의 사진을
오늘은 서슴지 않고 떼어 놓아야 할 날이다

밑씻개로 하자
이번에는 우리가 의젓하게 그놈의 사진을 밑씻개로 하자
허허 웃으면서 밑씻개로 하자
껄껄 웃으면서 구공탄을 피우는 불쏘시개라도 하자
강아지장에 깐 짚이 젖었거든
그놈의 사진을 깔아 주기로 하자……

민주주의는 인제는 상식으로 되었다
자유는 이제는 상식으로 되었다
아무도 나무랄 사람은 없다
아무도 붙들어 갈 사람은 없다

군대란 군대에서 장학사의 집에서
관공리의 집에서 경찰의 집에서
민주주의를 찾은 나라의 군대의 위병실(衛兵室)에서 사단장실에서
정훈감실에서
민주주의를 찾은 나라의 교육가들의 사무실에서
4·19 후의 경찰서에서 파출소에서

민중의 벗인 파출소에서
협잡을 하지 않고 뇌물을 받지 않는
관공리의 집에서
역이란 역에서
아아 그놈의 사진을 떼어 없애야 한다

우선 가까운 곳에서부터
차례차례로
다소곳이
조용하게
미소를 띠우면서

영숙아 기환아 천석아 준이야 만용아
프레지던트 김 미스 리
정순이 박군 정식이
그놈의 사진일랑 소리 없이 떼어 치우고

우선 가까운 곳에서부터
차례차례로
다소곳이
조용하게

미소를 띠우면서
극악무도한 소름이 더덕더덕 끼치는
그놈의 사진일랑 소리 없이
떼어 치우고―

기도
— 4·19 순국학도위령제에 부치는 노래

시를 쓰는 마음으로
꽃을 꺾는 마음으로
자는 아이의 고운 숨소리를 듣는 마음으로
죽은 옛 연인을 찾는 마음으로
잊어버린 길을 다시 찾은 반가운 마음으로
우리가 찾은 혁명을 마지막까지 이룩하자

물이 흘러가는 달이 솟아나는
평범한 대자연의 법칙을 본받아
어리석을 만치 소박하게 성취한
우리들의 혁명을
배암에게 쐐기에게 쥐에게 살쾡이에게
진드기에게 악어에게 표범에게 승냥이에게
늑대에게 고슴도치에게 여우에게 수리에게 빈대에게
다치지 않고 깎이지 않고 물리지 않고 더럽히지 않게

그러나 정글보다도 더 험하고
소용돌이보다도 더 어지럽고 해저보다도 더 깊게
아직까지도 부패와 부정과 살인자와 강도가 남아 있는 사회
이 심연이나 사막이나 산악보다도
더 어려운 사회를 넘어서

이번에는 우리가 배암이 되고 쐐기가 되더라도
이번에는 우리가 쥐가 되고 살쾡이가 되고 진드기가 되더라도
이번에는 우리가 악어가 되고 표범이 되고 승냥이가 되고 늑대가 되더라도
이번에는 우리가 고슴도치가 되고 여우가 되고 수리가 되고 빈대가 되더라도
아아 슬프게도 슬프게도 이번에는
우리가 혁명이 성취되는 마지막날에는
그런 사나운 추잡한 놈이 되고 말더라도

나의 죄 있는 몸의 억천만 개의 털구멍에
죄라는 죄가 가시같이 박히어도
그야 솜털만치도 아프지는 않으려니

시를 쓰는 마음으로
꽃을 꺾는 마음으로
자는 아이의 고운 숨소리를 듣는 마음으로
죽은 옛 연인을 찾는 마음으로
잊어버린 길을 다시 찾은 반가운 마음으로
우리는 우리가 찾은 혁명을 마지막까지 이룩하자

육법전서와 혁명

기성 육법전서를 기준으로 하고
혁명을 바라는 자는 바보다
혁명이란
방법부터가 혁명적이어야 할 터인데
이게 도대체 무슨 개수작이냐
불쌍한 백성들아
불쌍한 것은 그대들뿐이다
천국이 온다고 바라고 있는 그대들뿐이다
최소한도로
자유당이 감행한 정도의 불법을
혁명정부가 구육법전서를 떠나서
합법적으로 불법을 해도 될까 말까 한
혁명을—
불쌍한 것은 이래저래 그대들뿐이다
그놈들이 배불리 먹고 있을 때도
고생한 것은 그대들이고
그놈들이 망하고 난 후에도 진짜 곯고 있는 것은
그대들인데
불쌍한 그대들은 천국이 온다고 바라고 있다

그놈들은 털끝만치도 다치지 않고 있다

보라 항간에 금값이 오르고 있는 것을
그놈들은 털끝만치도 다치지 않으려고
버둥거리고 있다
보라 금값이 갑자기 8,900환이다
달걀값은 여전히 영하 28환인데

이래도
그대들은 유구한 공서양속(公序良俗) 정신으로
위정자가 다 잘해 줄 줄 알고만 있다
순진한 학생들
점잖은 학자님들
체면을 세우는 문인들
너무나 투쟁적인 신문들의 보좌를 받고

아아 새까맣게 손때 묻은 육법전서가
표준이 되는 한
나의 손등에 장을 지져라
4·26 혁명은 혁명이 될 수 없다
차라리
혁명이란 말을 걷어치워라
하기야

혁명이란 단자는 학생들의 선언문하고
신문하고
열에 뜬 시인들이 속이 허해서
쓰는 말밖에는 아니 되지만
그보다도 창자가 더 메마른 저들은
더 이상 속이지 말아라
혁명의 육법전서는 '혁명'밖에는 없으니까

푸른 하늘을

푸른 하늘을 제압하는
노고지리가 자유로웠다고
부러워하던
어느 시인의 말은 수정되어야 한다

자유를 위해서
비상하여 본 일이 있는
사람이면 알지
노고지리가
무엇을 보고
노래하는가를
어째서 자유에는
피의 냄새가 섞여 있는가를
혁명은
왜 고독한 것인가를

혁명은
왜 고독해야 하는 것인가를

만시지탄은 있지만

루소의 『민약론(民約論)』*을 다 정독하여도
집권당에 아부하지 말라는 말은 없는데
민주당이 제일인 세상에서는
민주당에 붙고
혁신당이 제일인 세상이 되면
혁신당에 붙으면 되지 않는가
귀에 걸면 귀걸이 코에 걸면 코걸이가
제2공화국 이후의 정치의 철칙이 아니라고 하는가
여보게나 나이 사십을 어디로 먹었나
8·15를 6·25를 4·19를
뒈지지 않고 살아왔으면 알겠지
대한민국에서는 공산당만이 아니면
사람 따위는 기천 명쯤 죽여 보아도 까딱도 없거든

데카르트의 『방법통설(方法通說)』**을 다 읽어 보았지
아부에도 여유가 있어야 한다는 말일세
만사에 여유가 있어야 하지만
위대한 '개헌' 헌법에 발을 맞추어 가자면
여유가 있어야지
불안을 불안으로 딴죽을 걸어서 퀘지게 할 수 있지
불안이란 놈 지게 작대기보다도

더 간단하거든

베이컨의 『신논리학(新論理學)』을 읽어 보게나
원자탄이나 유도탄은 너무 많아서
효과가 없으니까
인제는 다시 비수를 쓰는 법을 배우란 말일세
그렇게 되면 미 · 소보다는
일본, 서서(瑞西)***, 인도가 더 뻐젓하고
그보다도 한국, 월남, 대만은 No.1 country in the world
그런 나라에서 집권당이라면
얼마나 의젓한가
비수를 써
인제는 지조랑 영원히 버리고 마음 놓고
비수를 써
거짓말이 아냐
비수란 놈 창조보다도 더 산뜻하거든
만시지탄(晩時之歎)은 있지만

* 　장 자크 루소의 『사회계약론』.
** 　르네 데카르트의 『방법서설』.
*** 스위스의 음역.

〈동시〉

나는 아리조나 카보이야

야 손들어 나는 아리조나 카보이야
빵! 빵! 빵!
키크야! 너는 저놈을 쏘아라
빵! 빵! 빵! 빵!
쨔키야! 너는 빨리 말을 달려
저기 돈 보따리를 들고 달아나는 놈을 잡아라!
너는 저 산 위에 올라가 망을 보아라
메리야 너는 내 뒤를 따라와

이놈들이 다 이성망*이 부하들이다
한데다 묶어 놔라
야 이놈들아 고갤 숙여
너희놈 손에 돌아가신 우리 형님들
무덤 앞에 절을 구천육백삼십오만 번만 해
나는 아리조나 카보이야

두목! 나머지 놈들 다 잡아 왔습니다
아 홍찐구** 놈도 섞여 있구나
너 이놈 정동 재판소에서 언제 달아났느냐 깟땜***!
오냐 그놈들을 물에다 거꾸로 박아 놓아라
쨈보야 너는 이성망이 놈을 빨리 잡아 오너라

206

여기 떡갈나무 잎이 있는데 이것을 가지고 가서
하와이 영사한테 보여라
그리고 돌아올 때는 구름을 타고 오너라
내가 구름 운전수 제퍼슨 선생한테 말해 놨으니까 시간은
이 분밖에 안 걸릴 거다

이놈들이 다 이성망이 부하들이지
이놈들 여기 개미구멍으로 다 들어가
이 구멍으로 들어가면 아리조나에 있는
우리 고조할아버지 산소 망두석 밑으로 빠질 수 있으니까
쨈보야 태평양 밑의 개미 길에
미국 사람들이 세워 놓은 자동차란 자동차는
싹 없애 버려라
저놈들이 타고 가면 안 된다
야 빨리 들어가 하바! 하바!
나는 아리조나 카보이야
아리조나 카보이야

*   대한민국 1대 대통령 '이승만'을 가리킴.
** '홍진구'를 가리킴.
*** 'Goddam'을 음역한 말. '제기랄' 혹은 '빌어먹을'.

거미잡이

폴리호(號) 태풍이 일기 시작하는 여름밤에
아내가 마루에서 거미를 잡고 있는
꼴이 우습다

하나 죽이고
둘 죽이고
넷 죽이고
……

야 고만 죽여라 고만 죽여
나는 오늘 아침에 서약한 게 있다니까
남편은 어제의 남편이 아니라니까
정말 어제의 네 남편이 아니라니까

가다오 나가다오

이유는 없다—
나가다오 너희들 다 나가다오
너희들 미국인과 소련인은 하루바삐 나가다오
말갛게 행주질한 비어홀의 카운터에
돈을 거둬들인 카운터 위에
적막이 오듯이
혁명이 끝나고 또 시작되고
혁명이 끝나고 또 시작되는 것은
돈을 내면 또 거둬들이고
돈을 내면 또 거둬들이고 돈을 내면
또 거둬들이는
석양에 비쳐 눈부신 카운터 같기도 한 것이니

이유는 없다—
가다오 너희들의 고장으로 소박하게 가다오
너희들 미국인과 소련인은 하루바삐 가다오
미국인과 소련인은 '나가다오'와 '가다오'의 차이가 있을 뿐
말갛게 개인 글 모르는 백성들의 마음에는
'미국인'과 '소련인'도 똑같은 놈들
가다오 가다오
'4월 혁명'이 끝나고 또 시작되고

끝나고 또 시작되고 끝나고 또 시작되는 것은
잿님이 할아버지가 상추씨, 아욱씨, 근대씨를 뿌린 다음에
호박씨, 배추씨, 무씨를 또 뿌리고
호박씨, 배추씨를 뿌린 다음에
시금치씨, 파씨를 또 뿌리는
석양에 비쳐 눈부신
일 년 열두 달 쉬는 법이 없는
걸찍한 강변밭 같기도 할 것이니

지금 참외와 수박을
지나치게 풍년이 들어
오이 호박의 손자며느리 값도 안 되게
헐값으로 넘겨 버려 울화가 치받쳐서
고요해진 명수 할버이의
잿물거리는 눈이
비둘기 울음소리를 듣고 있을 동안에
나쁜 말은 안 하니
가다오 가다오

지금 명수 할버이가 멍석 위에 넘어져 자고 있는 동안에
가다오 가다오

명수 할버이
잿님이 할아버지
경복이 할아버지
두붓집 할아버지는
너희들이 피지 섬을 침략했을 당시에는
그의 아버지들은 아직 젖도 떨어지기 전이었다니까
명수 할버이가 불쌍하지 않으냐
잿님이 할아버지가 불쌍하지 않으냐
두붓집 할아버지가 불쌍하지 않으냐
가다오 가다오

선잠이 들어서
그가 모르는 동안에
조용히 가다오 나가다오
서 푼어치 값도 안 되는 미·소인은
초콜릿, 커피, 페티코트, 군복, 수류탄
따발총…… 을 가지고
적막이 오듯이
적막이 오듯이
소리 없이 가다오 나가다오
다녀오는 사람처럼 아주 가다오!

중용에 대하여

그러나 나는 오늘 아침의 때묻은 혁명을 위해서
어차피 한마디 할 말이 있다
이것을 나는 나의 일기첩에서
찾을 수밖에 없었다

중용은 여기에는 없다
(나는 여기에서 다시 한번 숙고한다
계사(鷄舍) 건너 신축 가옥에서 마치질하는
소리가 들린다)

소비에트에는 있다
(계사 안에서 우는 알 겯는
닭 소리를 듣다가 나는 마른침을 삼키고
담배를 피워 물지 않으면 아니 된다)

여기에 있는 것은 중용이 아니라
답보(踏步)다 죽은 평화다 나태다 무위다
(단 "중용이 아니라"의 다음에 "반동(反動)이다"라는
말은 지워져 있다
끝으로 "모두 적당히 가면을 쓰고 있다"라는
한 줄도 빼어 놓기로 한다)

담배를 피워 물지 않으면 아니 된다고 하였지만
나는 사실은 담배를 피울 겨를이 없이
여기까지 내리썼고
일기의 원문은 일본어로 씌어져 있다

글씨가 가다가다 몹시 떨린 한자가 있는데
그것은 물론 현 정부가 그만큼 악독하고 반동적이고
가면을 쓰고 있기 때문이다

허튼소리

조그마한 용기가
필요할 뿐이다

힘은 손톱 끝의
때나 다름없고

시간은 나의 뒤의
그림자이니까

거리에서는 고개
숙이고 걸음 걷고

집에 가면 말도
나지막한 소리로 걸어

그래도 정 허튼소리가
필요하거든

나는 대한민국에서는
제일이지만

이북에 가면야
꼬래비*지요

* '꼴찌'의 전라도 사투리.

"김일성만세(金日成萬歲)"

"김일성만세"
한국의 언론 자유의 출발은 이것을
인정하는 데 있는데

이것만 인정하면 되는데

이것을 인정하지 않는 것이 한국
언론의 자유라고 조지훈이란
시인이 우겨 대니

나는 잠이 올 수밖에

"김일성만세"
한국의 언론 자유의 출발은 이것을
인정하는 데 있는데

이것만 인정하면 되는데

이것을 인정하지 않는 것이 한국
정치의 자유라고 장면이란

관리가 우겨 대니

나는 잠이 깰 수밖에

피곤한 하루의 나머지 시간

피곤한 하루의 나머지 시간이 눈을 깜짝거린다
세계는 그러한 무수한 간단(間斷)

오오 사랑이 추방을 당하는 시간이 바로 이때이다
내가 나의 밖으로 나가는 것처럼

눈을 가늘게 뜨고 산이 있거든 불러 보라
나의 머리는 관악기처럼
우주의 안개를 빨아올리다 만다

그 방을 생각하며

혁명은 안 되고 나는 방만 바꾸어 버렸다
그 방의 벽에는 싸우라 싸우라 싸우라는 말이
헛소리처럼 아직도 어둠을 지키고 있을 것이다

나는 모든 노래를 그 방에 함께 남기고 왔을 게다
그렇듯 이제 나의 가슴은 이유 없이 메말랐다
그 방의 벽은 나의 가슴이고 나의 사지일까
일하라 일하라 일하라는 말이
헛소리처럼 아직도 나의 가슴을 울리고 있지만
나는 그 노래도 그 전의 노래도 함께 다 잊어버리고 말았다

혁명은 안 되고 나는 방만 바꾸어 버렸다
나는 인제 녹슬은 펜과 뼈와 광기—
실망의 가벼움을 재산으로 삼을 줄 안다
이 가벼움 혹시나 역사일지도 모르는
이 가벼움을 나는 나의 재산으로 삼았다

혁명은 안 되고 나는 방만 바꾸었지만
나의 입속에는 달콤한 의지의 잔재 대신에
다시 쓰디쓴 담뱃진 냄새만 되살아났지만

방을 잃고 낙서를 잃고 기대를 잃고
노래를 잃고 가벼움마저 잃어도

이제 나는 무엇인지 모르게 기쁘고
나의 가슴은 이유 없이 풍성하다

나가타 겐지로

모두 별안간에 가만히 있었다
씹었던 불고기를 문 채로 가만히 있었다
아니 그것은 불고기가 아니라 돌이었을지도 모른다
신은 곧잘 이런 장난을 잘한다

(그리 흥겨운 밤의 일도 아니었는데)
사실은 일본에 가는 친구의 잔치에서
이토츄〔伊藤忠〕 상사(商事)의 신문 광고 이야기가 나오고
곳쿄노 마찌* 이야기가 나오다가
이북으로 갔다는 나가타 겐지로** 이야기가 나왔다

아니 김영길이가
이북으로 갔다는 김영길이 이야기가
나왔다가 들어간 때이다

내가 나가토〔長門〕라는 여가수도 같이 갔느냐고
농으로 물어보려는데
누가 벌써 재빨리 말꼬리를 돌렸다……
신은 곧잘 이런 꾸지람을 잘한다

* 「國境の町」. 1934년 발표되어 크게 유행한 노래 제목.
** 명가수였던 재일동포. 한국명 김영길로, 1960년 북송되었다.

눈

요 시인
이제 저항시는
방해로소이다
이제 영원히
저항시는
방해로소이다
저 펄 펄
내리는
눈송이를 보시오
저 산허리를
돌아서
너무나도 좋아서
하늘을
묶는
허리띠 모양으로
맴을 도는
눈송이를 보시오
눈

요 시인
용감한 시인

―소용 없소이다
산 너머 민중이라고
산 너머 민중이라고
하여 둡시다
민중은 영원히 앞서 있소이다
웃음이 나오더라도
눈 내리는 날에는
손을 묶고 가만히
앉아 계시오
서울서
의정부로
뚫린
국도에
눈 내리는 날에는
'빅'차도
지프차도
파발이 다 된
시골 버스도
맥을 못 추고
맴을 도는 판이니
답답하더라도

답답하더라도

요 시인

가만히 계시오

민중은 영원히 앞서 있소이다

요 시인

용감한 착오야

그대의 저항은 무용(無用)

저항시는 더욱 무용

막대한

방해로소이다

까딱 마시오 손 하나 몸 하나

까딱 마시오

눈 오는 것만 지키고 계시오……

쌀난리

넓적다리 뒷살에
넓적다리 뒷살에
알이 배라지
손에서는
손에서는
불이 나라지
수챗가에 얼어 빠진
수세미 모양
그 대신 머리는
온통 비어
움직이지 않는다지
그래도 좋아
그래도 좋아

대구에서
대구에서
쌀난리가
났지 않아
이만하면 아직도
혁명은
살아 있는 셈이지

백성들이
머리가 있어 산다든가
그처럼 나도
머리가 다 비어도
인제는 산단다
오히려 더
착실하게
온몸으로 살지
발톱 끝부터로의
하극상이란다

넓적다리 뒷살에
넓적다리 뒷살에
알이 배라지
손에서는
손에서는
불이 나라지
온몸에
온몸에
힘이 없듯이
머리는

내일 아침 새벽까지도
아주 내처
비어 있으라지……

연꽃

종이를 짤라 내듯
긴장하지 말라구요
긴장하지 말라구요
사회주의 동지들
　연꽃이 있지 않어
　두통이 있지 않어
　흙이 있지 않어
　사랑이 있지 않어

뚜껑을 열어제치듯
긴장하지 말라구요
긴장하지 말라구요
사회주의 동지들
　형제가 있지 않어
　아주머니가 있지 않어
　아들이 있지 않어

벌레와 같이
눈을 뜨고 보라구요
아무것도 안 보이는
긴장하지 말라구요

내가 겨우 보이는
긴장하지 말라구요
　사회주의 동지들
　사랑이 있지 않어
　작란이 있지 않어
　냄새가 있지 않어
　해골이 있지 않어

황혼

전화를 걸고 그는 떠나갔다
공연한 이야기만 남기고 떠나갔다
그의 이야기가 절망인 것이 아니라
그의 모습이 절망인 것이 아니라
그가 돈을 가지고 갔다는 것이 아니라
그가 범죄자이었다는 것이 아니라
더욱이나 그가 외국지(外國地) 양복이나
지아이 가리*를 하고 있었다는 것도 아니라
그가 나갔을 때
양반(洋盤) 반주곡이 감상적이었다는 것이 아니라
더욱이나 푸른 창가에
황혼이 걸터앉아 있었다는 것이
더욱이나 아니라
나의 주위에 말짱 '반동'만 앉아 있어
객소리만 씨부리고 있었다는 것이
더욱이나 더욱이나 아니라

이런 황혼에는 시베리아의
어느 이름 없는 개울가에서
들오리가 서투른 앉음새로
병아리를 품고 있을지도 모른다
심심해서 아아 심심해서

* 미국 부대원(GI) 식으로 머리를 짧게 자른 모양.

230

'4·19'시

나는 하필이면
왜 이 시(詩)를
잠이 와
잠이 와
잠이 와 죽겠는데
왜
지금 쓰려나
이 순간에 쓰려나
죄수들의 말이
배고픈 것보다도
잠 못 자는 것이
더 어렵다고 해서
그래 그러나
배고픈 사람이
하도 많아 그러나
시 같은 것
시 같은 것
안 쓰려고 그러나
더구나
'4·19' 시 같은 것
안 쓰려고 그러나

껌벅껌벅

두 눈을

감아 가면서

아주

금방 곯아떨어질 것

같은데

밥보다도

더 소중한

잠이 안 오네

달콤한

달콤한

잠이 안 오네

보스토크*가

돌아와 그러나

세계정부 이상(理想)이

따분해 그러나

이 나라

백성들이

너무 지쳐 그러나

별안간

빚 갚을 것

생각나 그러나

여편네가

짜증 낼까
무서워 그러나
동생들과
어머니가
걱정이 돼 그러나
참았던 오줌 마려
그래 그러나

시 같은 것
시 같은 것
써 보려고 그러나
'4·19' 시 같은 것
써 보려고 그러나

여편네의 방에 와서
— 신귀거래(新歸去來) 1

여편네의 방에 와서 기거를 같이해도
나는 이렇듯 소년처럼 되었다
흥분해도 소년
계산해도 소년
애무해도 소년
어린 놈 너야
네가 성을 내지 않게 해 주마
네가 무어라 보채더라도
나는 너와 함께 성을 내지 않는 소년

바다의 물결 작년의 나무의 체취
그래 우리 이 성하(盛夏)에
온갖 나무의 추억과
물의 체취라도
다해서
어린 놈 너야
죽음이 오더라도
이제 성을 내지 않는 법을 배워 주마

여편네의 방에 와서 기거를 같이해도
나는 점점 어린애

나는 점점 어린애

태양 아래의 단 하나의 어린애

죽음 아래의 단 하나의 어린애

언덕 아래의 단 하나의 어린애

애정 아래의 단 하나의 어린애

사유 아래의 단 하나의 어린애

간단(間斷) 아래의 단 하나의 어린애

점(點)의 어린애

베개의 어린애

고민의 어린애

여편네의 방에 와서 기거를 같이해도

나는 점점 어린애

너를 더 사랑하고

오히려 너를 더 사랑하고

너는 내 눈을 알고

어린 놈도 내 눈을 안다

격문(檄文)
— 신귀거래 2

마지막의 몸부림도
마지막의 양복도
마지막의 신경질도
마지막의 다방도
기나긴 골목길의 순례도
'어깨'도
허세도
방대한
방대한
방대한
모조품도
막대한
막대한
막대한
막대한
모방도
아아 그리고 저 도봉산보다도
더 큰 증오도
굴욕도
계집애 종아리에만
눈이 가던 치기도

그밖의 무수한 잡동사니 잡념까지도

깨끗이 버리고

깨끗이 버리고

깨끗이 버리고

깨끗이 버리고

깨끗이 버리고

깨끗이 버리고

깨끗이 버리고

농부의 몸차림으로 갈아입고

석경을 보니

땅이 편편하고

집이 편편하고

하늘이 편편하고

물이 편편하고

앉아도 편편하고

서도 편편하고

누워도 편편하고

도회와 시골이 편편하고

시골과 도회가 편편하고

신문이 편편하고

시원하고

버스가 편편하고
시원하고
하수도가 편편하고
시원하고
펌프의 물이 시원하게 쏟아져 나온다고
어머니가 감탄하니 과연 시원하고
무엇보다도
내가 정말 시인이 됐으니 시원하고
인제 정말
진짜 시인이 될 수 있으니 시원하고
시원하다고 말하지 않아도 되니
이건 진짜 시원하고
이 시원함은 진짜이고
자유다

술과 어린 고양이
— 신귀거래 4

"낮에는 일손을 쉰다고 한잔 마시는 게라
저녁에는 어둠을 맞으려고 또 한잔 마시는 게라
먼 밭을 바라보며 마늘장아찌에
취하지 않은 듯이 취하는 게라
지장이 없느니라
아무리 바빠도 지장이 없느니라 술 취했다고 일이 늦으랴
취하면 취한 대로 다 하느니라
쓸데없는 이야기도 주고받고 쓸데없는 일도
찾아보면 있느니라"
내가 내가 취하면
너도 너도 취하지
구름 구름 부풀듯이
기어오르는 파도가
제일 높은 사안(砂岸)에
닿으려고 싸우듯이
너도 나도 취하는
중용의 술잔

바보의 가족과 운명과
어린 고양이의 울음
니야옹 니야옹 니야옹

술 취한 바보의 가족과 운명과
술 취한 어린 고양이의 울음
역시
니야옹 니야옹 니야옹 니야옹

등나무
— 신귀거래 3

두 줄기로 뻗어 올라가던 놈이
한 줄기가 더 생긴 것이 며칠 전이었나
등나무

밤사이에 이슬을 마신 놈이
지금 나의 혼을 마신다
무휴(無休)의 태만의 혼을 마신다
등나무 등나무 등나무 등나무

얇상한 잎
그것이 이슬을 마셨다고 어찌 신용하랴
나의 혼, 목욕을 중지한 시인의 혼을 마셨다고
염천(炎天)의 혼을 마셨다고 어찌 신용하랴
등나무? 등나무? 등나무? 등나무?

그의 주위를 몇 번이고 돌고 돌고 돌고
또 도는 조름 같은 날개의 날것들과
갑충과 쉬파리떼
그리고 진드기

"엄마 안 가? 엄마 안 가?"

"안 가 엄마! 안 가 엄마! 엄마가 어디를 가니?"
"안 가유?"
"안 가유! 하……"
"<u>으흐흐</u>……"

두 줄기로 뻗어 올라가던 놈이
한 줄기가 더 생긴 것이 며칠 전이었나
난간 아래 등나무
넝쿨장미 위의 등나무
등꽃 위의 등나무
우물 옆의 등나무
우물 옆의 등꽃과 활련
그리고 철자법을 틀린 시
철자법을 틀린 인생
이슬, 이슬의 합창이다

등나무여 지휘하라 부끄러움 고만 타고
이제는 지휘하라 이카루스의 날개처럼
쑥잎보다 훨씬 얇은
너의 잎은 지휘하라
베적삼, 옥양목, 데크론, 인조견, 항라,

모시치마 냄새난다 냄새난다
냄새여 지휘하라
연기여 지휘하라
등나무 등나무 등나무 등나무

우물이 말을 한다
어제의 말을 한다
"똥, 땡, 똥, 땡, 찡, 찡, 찡……"
"엄마 안 가?"
"엄마 안 가?"
"엄마 가?"
"엄마 가?"

등나무 등나무 등나무 등나무
"야, 영희야, 메리의 밥을 아무거나 주지 마라,
밥통을 좀 부셔 주지!?"
등나무? 등나무? 등나무? 등나무?
"아이스 캔디! 아이스 캔디!"
"꼬오, 꼬, 꼬, 꼬, 꼬오, 꼬, 꼬, 꼬, 꼬"
두 줄기로 뻗어 올라가던 놈이
한 줄기가 더 생긴 것이 며칠 전이었나

모르지?
— 신거거래 5

이태백이가 술을 마시고야 시작(詩作)을 한 이유,

모르지?

구차한 문밖 선비가 벽장문 옆에다

카잘스, 그람, 슈바이처, 엡스타인의 사진을 붙이고 있는 이유,

모르지?

노년에 든 로버트 그레이브스가 연애시를 쓰는 이유,

모르지?

우리 집 식모가 여편네가 외출만 하면

나한테 자꾸 웃고만 있는 이유,

모르지?

그럴 때면 바람에 떨어진 빨래를 보고

내가 말없이 집어 걸기만 하는 이유,

모르지?

함경도 친구와 경상도 친구가 외국인처럼 생각돼서

술집에서는 반드시 표준어만 쓰는 이유,

모르지?

5월 혁명 이전에는 백양을 피우다

그 후부터는

아리랑을 피우고

와이셔츠 윗호주머니에는 한사코 색수건을 꽂아 뵈는 이유,

모르지?

아무리 더워도 베 와이셔츠의 에리*를
안쪽으로 접어 넣지 않는 이유,
모르지?
아무리 혼자 있어도 베 와이셔츠의 에리를
안쪽으로 접어 넣지 않는 이유,
모르지?
술이 거나해서 아무리 졸려도
의젓한 포즈는
의젓한 포즈는 취하고 있는 이유,
모르지?
모르지?

* '옷깃'의 일본어.

복중(伏中)
— 신귀기래 6

삼복의 더위에 질려서인가 했더니
아냐
아이를 뱄어
계수*가 아이를 배서 조용하고
식모 아이는 사랑을 하는 중이라네

나는 어찌나 좋았던지 목욕을 하러 갔지
개구리란 놈이 추락하는 폭격기처럼
사람을 놀랜다
내가 피우고 있는 파이프
이건 이 년이나 대학에서 떨어진 아우놈 거야

너무 조용한 것도 병이다
너무 생각하는 것도 병이다
그것이 실개울의 물소리든
꿩이 푸다닥거리고 날아가는 소리든
하도 심심해서 정찰을 나온 꿀벌의 소리든
무슨 소리는 있어야겠다

여자는 마물(魔物)야
저렇게 조용해지다니

주위까지도 저렇게 조용하게 만드는
마법을 가졌다니

나는 더위에 속은 조용함이 억울해서
미친놈처럼 라디오를 튼다
지구와 우주를 진행시키기 위해서
어서어서 진행시키기 위해서
그렇지 않고서는 내가 미치고 말 것 같아서

아아 벌
소리야!

---

* 남자 형제 사이에서 동생의 아내를 이르는 말.

누이야 장하고나!
— 신귀거래 7

누이야
풍자가 아니면 해탈이다
너는 이 말의 뜻을 아느냐
너의 방에 걸어 놓은 오빠의 사진
나에게는 '동생의 사진'을 보고도
나는 몇 번이고 그의 진혼가를 피해 왔다
그전에 돌아간 아버지의 진혼가가 우스꽝스러웠던 것을 생각하고
그래서 나는 그 사진을 십 년 만에 곰곰이 정시(正視)하면서
이내 거북해서 너의 방을 뛰쳐나오고 말았다
십 년이란 한 사람이 준 상처를 다스리기에는 너무나 짧은 세월이다

누이야
풍자가 아니면 해탈이다
네가 그렇고
내가 그렇고
네가 아니면 내가 그렇다
우스운 것이 사람의 죽음이다
우스워하지 않고서 생각할 수 없는 것이 사람의 죽음이다
팔월의 하늘은 높다
높다는 것도 이렇게 웃음을 자아낸다

누이야
나는 분명히 그의 앞에 절을 했노라
그의 앞에 엎드렸노라
모르는 것 앞에는 엎드리는 것이
모르는 것 앞에는 무조건하고 숭배하는 것이
나의 습관이니까
동생뿐이 아니라
그의 죽음뿐이 아니라
혹은 그의 실종뿐이 아니라
그를 생각하는
그를 생각할 수 있는
너까지도 다 함께 숭배하고 마는 것이
숭배할 줄 아는 것이
나의 인내이니까

"누이야 장하고나!"
나는 쾌활한 마음으로 말할 수 있다
이 광대한 여름날의 착잡한 숲 속에
홀로 서서
나는 돌풍처럼 너한테 말할 수 있다
모든 산봉우리를 걸쳐 온 돌풍처럼

당돌하고 시원하게
도회에서 달아나온 나는 말할 수 있다
"누이야 장하고나!"

누이의 방
― 신귀거래 8

똘배가 개울가에 자라는
숲 속에선
누이의 방도 장마가 가시면 익어 가는가
허나
인생의 장마의
추녀 끝 물방울 소리가
아직도 메아리를 가지고 오지 못하는
팔월의 밤에
너의 방은 너무 정돈되어 있더라
이런 밤에
나는 서울의 얼치기 양관(洋館) 속에서
골치를 앓는 여편네의 댓가지 백 속에
조약돌이 들어 있는
공간의 우연에 놀란다
누이야
너의 방은 언제나
너무도 정돈되어 있다
입을 다문 채
흰 실에 매어달려 있는 여주알의 곰보
창문 앞에
안치해 놓은 당호박

평면을 사랑하는
코스모스
역시 평면을 사랑하는
킴 노박의 사진과
국내 소설책들……
이런 것들이 정돈될 가치가 있는 것들인가
누이야
이런 것들이 정돈될 가치가 있는 것들인가

이놈이 무엇이지?
— 신귀거래 9

여행을
안 한다
가지고 있는
이데올로기도 없다
밀모(密謀)는
전혀 없다
담배마저 안 피우는
날이 올지도 모른다
그때에는
성급해지면 아무 데나 재를 떠는
이 우주의 폭력마저
없어질지도 모른다
정적(靜寂)이
필요 없다
그 이유를
말할 필요도 없다
낚시질도
안 간다
가장(假裝) 파티에
가 본 일도 없다
하물며

중립사상연구소에는
그림자도 비춘 일이 없다
뇌물은
물론 안 받았다
가지고 있는
시계도 없다
집에도
몸에도
그러니까
the reason why
you don't get
a clock
or
a watch마저
말할 필요가 없다
집에도
몸에도
이놈이 무엇이지?

먼 곳에서부터

먼 곳에서부터
먼 곳으로
다시 몸이 아프다

조용한 봄에서부터
조용한 봄으로
다시 내 몸이 아프다

여자에게서부터
여자에게로

능금꽃으로부터
능금꽃으로……

나도 모르는 사이에
내 몸이 아프다

아픈 몸이

아픈 몸이
아프지 않을 때까지 가자
골목을 돌아서
베레모는 썼지만
또 골목을 돌아서
신이 찢어지고
온몸에서 피는
빠르지도 더디지도 않게 흐르는데
또 골목을 돌아서
추위에 온몸이
돌같이 감각을 잃어도
또 골목을 돌아서

아픔이
아프지 않을 때는
그 무수한 골목이 없어질 때

　　(이제부터는
　　즐거운 골목
　　그 골목이
　　나를 돌리라

—아니 돌다 말리라)

아픈 몸이
아프지 않을 때까지 가자
나의 발은 절망의 소리
저 말(馬)도 절망의 소리
병원 냄새에 휴식을 얻는
소년의 흰 볼처럼
교회여
이제는 나의 이 늙지도 젊지도 않은 몸에
해묵은
1961개의
곰팡내를 풍겨 넣어라
오 썩어 가는 탑
나의 연령
혹은
4294알의
구슬이라도 된다

아픈 몸이
아프지 않을 때까지 가자

온갖 식구와 온갖 친구와
온갖 적들과 함께
적들의 적들과 함께
무한한 연습과 함께

시

어서 일을 해요 변화는 끝났소
어서 일을 해요
미지근한 물이 고인 조그마한 논과
대숲 속의 초가집과
나무로 만든 장기와
게으르게 움직이는 물소와
(아니 물소는 호남 지방에서는 못 보았는데)
덜컥거리는 수레와

어서 또 일을 해요 변화는 끝났소
편지 봉투 모양으로 누렇게 겵은
시간과 땅
수레를 털털거리게 하는 욕심의 돌
기름을 주라
어서 기름을 주라
털털거리는 수레에다는 기름을 주라
욕심은 끝났어
논도 일어붙고
대숲 사이로 침입하는 무자비한 푸른 하늘

쉬었다 가든 거꾸로 가든 모로 가든

여기서 또 가요 기름을 발랐으니 어서 또 가요
타마구*를 발랐으니 어서 또 가요
미친 놈 본으로 어서 또 가요 변화는 끝났어요
어서 또 가요
실 같은 바람 따라 어서 또 가요

더러운 일기는 찢어 버려도
짜장** 재주를 부릴 줄 아는 나이와 시
배짱도 생겨 가는 나이와 시
정말 무서운 나이와 시는
동그랗게 되어 가는 나이와 시
사전을 보며 쓰는 나이와 시
사전이 시 같은 나이의 시
사전이 앞을 가는 변화의 시
감기가 가도 감기가 가도
줄곧 앞을 가는 사전의 시
시

---

* 아스팔트 도로 포장에 사용되는 아스콘을 일컫었던 말.
** 진짜.

여수(旅愁)

시멘트로 만든 뜰에
겨울이 와 있었다
아무 소리 없이 떠난
여행에서
전보도 안 치고
돌아오기를 잘했지

이 뜰에서
나는 내가 없는 동안의
아내의 비밀을 탐지하고
또
내가 없는 그날의
그의 비밀을
탐지할 수도 있었다

그래도 나는 조금도
놀라지 않았다
(그러기에는 나는 너무나
지쳤는지도 모른다)
여행이 나를
놀랠 수 없었던 것과 같이

나는 집에 와서도
그동안의 부재에도
놀라서는 안 된다

상식에 취한 놈
상식에 취한
상식
상…… 하면서
나는 무엇인가에
여전히 바쁘기만 하다
아직도
소록도의 하얀 바다에
두고
버리고
던지고 온 취기가
가시지 않은 탓이라고 생각한다……

전향기(轉向記)

일본의 '진보적' 지식인들은 소련한테는
욕을 하지 않는다고 한다 나도 얼마 전까지는
흰 원고지 뒤에 낙서를 하면서
그것이 그럴듯하게 생각돼서
소련을 내심으로도 입 밖으로도 두둔했었다
—당연한 일이다

소련을 생각하면서 나는 치질을 앓고 피를 쏟았다
일주일 동안 단식까지 했다
단식을 하고 나서 죽을 먹고
그다음에 밥을 떡국을 먹었는데
새삼스럽게 소화불량증이 생겼다
—당연한 일이다

나는 지금 일본 시인들의 작품을 읽으면서
내가 너무 자연스러운 전향을 한 데 놀라면서
이 이유를 생각하려 하지만
그 이유는 시가 안 된다
아니 또 시가 된다
—당연한 일이다

히시야마 슈조*의 낙엽이 생활인 것처럼

5·16 이후의 나의 생활도 생활이다
복종의 미덕!
사상까지도 복종하라!
일본의 '진보적' 지식인들이 이 말을 들으면 필시 웃을 것이다
—당연한 일이다

지루한 전향의 고백
되도록 지루할수록 좋다
지금 나는 자고 깨고 하면서 더 지루한
중공(中共)의 욕을 쓰고 있는데
치질도 낫기 전에 또 술을 마셨다
—당연한 일이다

* 일본의 시인.

백지에서부터

하얀 종이가 옥색으로 노란 하드롱지가
이 세상에는 없는 빛으로 변할 만큼 밝다
시간이 나비 모양으로 이 줄에서 저 줄로
춤을 추고
그 사이로
사월의 햇빛이 떨어졌다
이런 때면 매년 이맘때쯤 듣는
병아리 우는 소리와
그의 원수인 쥐 소리를 혼동한다

어깨를 아프게 하는 것은
노후의 미덕은 시간이 아니다
내가 나를 잊어버리기 때문에
개울과 개울 사이에
하얀 모래를 골라 비둘기가 내려앉듯
시간이 내려앉는다

머리를 아프게 하는 것은
두통의 미덕은 시간이 아니다
내가 나를 잊어버리기 때문에
바다와 바다 사이에

지금의 삼월의 구름이 내려앉듯
진실이 내려앉는다

하얀 종이가 분홍으로 분홍 하늘이
녹색으로 또 다른 색으로 변할 만큼 밝다
─그러나 혼색(混色)은 흑색이라는 걸 경고해 준 것은
소학교 때 선생님……

적

더운 날
적이란 해면(海綿) 같다
나의 양심과 독기를 빨아먹는
문어발 같다

흡반 같은 나의 대문의 명패보다도
정체 없는 놈
더운 날
눈이 꺼지듯 적이 꺼진다

김해동―그놈은 항상 약삭빠른 놈이지만 언제나
부하를 사랑했다
정병일―그놈은 내심과 정반대되는 행동만을
해 왔고, 그것은 가족들을 먹여 살리기 위해서였다
더운 날
적을 운산(運算)하고 있으면
아무 데에도 적은 없고

시금치밭에 앉는 흑나비와 주홍나비 모양으로
나의 과거와 미래가 숨바꼭질만 한다
"적이 어디에 있느냐?"

"적은 꼭 있어야 하느냐?"

순사와 땅주인에서부터 과속을 범하는 운전수에까지
나의 적은 아직도 늘비하지만
어제의 적은 없고
더운 날처럼 어제의 적은 없고
더워진 날처럼 어제의 적은 없고

마케팅

비닐, 파리통,
그리고 또 무엇이던가?
아무튼 구질구레한 생활필수품
오 주사기
2cc짜리 국산 슈빙지
그리고 또 무엇이던가?
오이, 고춧가루, 후춧가루는 너무나 창피하니까
그만두고라도
그중에 좀 점잖은 품목으로 또 있었는데
아이구 무어던가?
오 도배지 천장지, 다색 백색 청색의 모란꽃이
다색의 주색(主色) 위에 탐스럽게 피어 있는 천장지
아니 그건 천장지가 아냐(벽지지!)
천장지는 푸른 바탕에
아니 흰 바탕에
엇걸린 벽돌처럼 빌딩 창문처럼
바로 그런 무늬겠다
아냐 틀렸다
벽지가 아니라
아냐 틀렸다
그건 천장지가 아니라

벽지이겠다

더 사 오라는 건 벽지이겠다

그러니까 모란이다 모란이다 모란 모란……

그리고 또 하나 있는 것 같다

주요한 본론이 네 개는 있었다

비닐, 파리통, 도배지……?

주요한 본론이 4항목은 있는 것 같다

4항목 4항목 4항목…… (면도날!)

절망

나날이 새로워지는 괴기한 청년
때로는 일본에서
때로는 이북에서
때로는 삼랑진에서
말하자면 세계의 도처에서 나타날 수 있는 천수천족수(千手千足獸)
미인, 시인, 사무가, 농사꾼, 상인, 야소(耶蘇)이기도 한
나날이 새로워지는 괴기한 인물

흰 쌀밥을 먹고 갔는데 보리알을 먹고 간 것 같고
그렇게 피투성이가 되어 찾던 만년필은
처의 백 속에 숨은 듯이 걸려 있고
말하자면 내가 찾고 있는 것은 언제나 나의 가장 가까운
내 곁에 있고
우물도 사닥다리도 애아(愛兒)도 거만한 문표*도
내가 범인이 되기 전에
(벌써 오래전에!)
범인의 것이 되어 있었고

그동안에도
그 뒤에도 나의 시는 영원한 미완성이고

* 문패의 일본식 한자어.

271

파자마 바람으로

파자마 바람으로 우는 아이를 데리러 나가서
노상에서 지서의 순경을 만났더니
"아니 어디를 갔다 오슈?"
이렇게 돼서야 고만이지
어떻게든지 체면을 차려 볼 궁리 좀 해야지

파자마 바람으로 닭모이를 주러 나가서
문지방 안에 석간이 떨어져 뒹굴고 있는데도
심부름하는 놈더러
"저것 좀 집어 와라!" 호령 하나 못하니
이렇게 돼서야 고만이지
어떻게든지 체면을 차려 볼 궁리 좀 해야지

파자마 바람으로 체면도 차리고 돈도 벌자고
하다 하다 못해 번역업을 했더니
권말에 붙어나오는 역자 약력에는
한사코 ××대학 중퇴가 ××대학 졸업으로 오식(誤植)이 돼 나오니
이렇게 돼서야 고만이지
어떻게든지 체면을 차려 볼 궁리 좀 해야지

파자마 바람으로 주스를 마시면서

프레이서의 현대시론을 사전을 찾아가며 읽고 있으려니
여편네가 일본에서 온 새 잡지 안의
김소운의 수필을 보라고 내던져 준다
읽어 보지 않으신 분은 읽어 보시오
나의 프레이서의 책 속의 낱말이
송충이처럼 꾸불텅거리면서 어쩌나 지겨워 보이던지
이렇게 돼서야 고만이지
어떻게든지 체면을 차려 볼 궁리 좀 해야지

만주의 여자

무식한 사랑이 여기 있구나
무식한 여자가 여기 있구나
평안도 기생이 여기 있구나
만주에서 해방을 겪고
평양에 있다가 인천에 와서
6·25 때에 남편을 잃고 큰아이는 죽고
남은 계집애 둘을 데리고
재전락한 여자가 여기 있구나
시대의 여자가 여기 있구나
　　한잔 더 주게 한잔 더 주게
　　그런데 여자는 술을 안 따른다
　　　　건너편 친구가 내는 외상술이니까

나는 이 우중충한 막걸리 탁상 위에서
경험과 역사를 너한테 배운다
무식한 것이 그것들이니까—
너에게서 취하는 전신의 영양
끊었던 술을 다시 마시면서 사랑의 복습을 하는 셈인가
뚱뚱해진 몸집하고 푸르스름해진 눈자위가 아무리 보아도 설어 보
인다
18년 만에 만난 만주의 여자

잊어버렸던 여자가 여기 있구나
　　한잔 더 주게 한잔 더 주게
　　그런데 여자는 술을 안 따른다
　　　　건너편 친구가 오줌을 누러 갔으니까

끊었던 술을 다시 마시는데 유행가처럼
아무리 마셔도 안 취하는 술
피안도* 사투리를 마시고 있나
아무리 마셔도 취하지 않으니
같이 온 친구를 보기도 미안만 한데
옆상에 앉은 술친구들이 경사나 난 듯이
고함을 친다
상제보다 복재기가 더 섧다나
　　한잔 더 주게 한잔 더 주게
　　그런데 여자는 술을 안 따른다
　　　　건너편 친구가 같이 자러 가자고 주정만 하니까

아나 아냐 오해야 내가 이 여자의 연인이 아니라네
나는 이 사람이 만주 술집에서 고생할 때에
연애편지를 대필해 준 일이 있을 뿐이지
허고 더러 싱거운 충고도 한 일이 있는—

충고는 허사였어 그렇지 않어?

18년 후에 이렇게 뻐젓이 서울의 다방 건너 막걸리집에서 또 만나게
됐으니

하여간 반갑다 잠입한 사랑아 무식한 사랑아

이것이 사랑의 뒤치다꺼리인가 보다

평안도 사랑의 덤인가 보다

    한잔 더 주게 한잔 더 주게

    그런데 여자는 술을 안 따른다

      건너편 친구가 벌써 곯아떨어졌으니까

* '평안도'의 사투리 발음.

장시 1

겨자씨같이 조그맣게 살면 돼
복숭아 가지나 아가위 가지에 앉은
배부른 흰 새 모양으로
잠깐 앉았다가 떨어지면 돼
연기 나는 속으로 떨어지면 돼
구겨진 휴지처럼 노래하면 돼

가정을 알려면 돈을 떼여 보면 돼
숲을 알려면 땅벌에 물려 보면 돼
잔소리 날 때는 슬쩍 피하면 돼
―채귀(債鬼)*가 올 때도―
버스를 피해서 길을 건너서는 어린놈처럼
선뜻 큰길을 건너서면 돼
장시(長詩)만 장시만 안 쓰려면 돼

*

오징어발에 말라붙은 새처럼 꼬리만 치지 않으면 돼
입만 반드르르하게 닦아 놓으면 돼
아버지 할머니 고조할아버지 때부터
어물전 좌판 밑바닥에서 결어 있던 것이면 돼

유선(有線) 합승자동차에도 양계장에도 납공장에도
미곡창고 지붕에도 달려 있는
썩은 공기 나가는 지붕 위의 지붕만 있으면 돼
'돼'가 긍정에서 의문으로 돌아갔다
의문에서 긍정으로 또 돌아오면 돼
이것이 몇 바퀴만 넌지시 돌면 돼
해바라기 머리같이 돌면 돼

깨꽃이나 샐비어나 마찬가지 아니냐
내일의 채귀를
죽은 뒤의 채귀를 걱정하는
장시만 장시만 안 쓰려면 돼
샐비어 씨는 빨갛지 않으니까
장시만 장시만 안 쓰려면 돼
영원만 영원만 고민하지 않으면 돼
오징어에 말라붙은 새처럼 오월이 와도
구월이 와도 꼬리만 치지 않으면 돼

트럭 소리가 나면 돼
아카시아 잎을 이기는 소리가 방바닥 밑까지 울리면 돼
라디오 소리도 거리의 풍습대로 기를 쓰고 크게만 틀어 놓으면 돼

겨자씨같이 조그맣게 살면서

장시만 장시만 안 쓰면 돼

오징어발에 말라붙은 새처럼 꼬리만 치지 않으면 돼

트럭 소리가 나면 돼

아카시아 잎을 이기는 소리가 방바닥 밑까지 콩콩 울리면 돼

흙 묻은 비옷이 이십사 시간 걸려 있으면 돼

정열도 예측 고함도 예측 장시도 예측

경솔도 예측 봄도 예측 여름도 예측

범람도 예측 범람은 화려 공포는 화려

공포와 노인은 동일 공포와 노인과 유아는 동일……

예측만으로 그치면 돼

모자라는 영원이 있으면 돼

채귀가 집으로 돌아가면 돼

성당으로 가듯이

채귀가 어젯밤에 나 없는 사이에 돌아갔으면 돼

장시만 장시만 안 쓰면 돼

* 악착같이 이자를 받고 빚 갚기를 졸라 대는 빚쟁이를 이르는 말.

장시 2

시금치밭에 거름을 뿌려서 파리가 들끓고
이틀째 흐린 가을날은 무더웁기만 해
가까운 데에서 나는 인성(人聲)도 옛날이야기처럼
멀리만 들리고
눈은 왜 이리 소경처럼 어두워만 지나
먼 데로 던지는 기적 소리는
하늘 끝을 때리고 돌아오는 고무공
그리운 것은 내 귓전에 붙어 있는 보이지 않는 젤라틴지(紙)
―나에게 남아 있는 유일한 재산처럼
외계의 소리를 여과하고 채색해서
숙제처럼 나를 괴롭히고 보호한다

머리가 누렇게 까진 땅주인은 어디로 갔나
여름 저녁을 어울리지 않는 지팡이를 들고
이방인처럼 산책하던 땅주인은
―나도 필경 그처럼 보이지 않는 누구인가를
항시 괴롭히고 있는 보이지 않는 고문인(拷問人)
시대의 숙명이여
숙명의 초현실이여
나의 생활의 정수(定數)는 어디에 있나

혼미하는 아내며

날이 갈수록 간격이 생기는 골육들이며
새가 아직 모여들 시간이 못 된 늙은 포플러나무며
소리없이 나를 괴롭히는
그들은 신의 고문인인가
―어른이 못 되는 나를 탓하는
구슬픈 어른들
나에게 방황할 시간을 다오
불만족의 물상(物象)을 다오
두부를 엉기게 하는 따뜻한 불도
졸고 있는 잡초도
이 무감각의 비애가 없이는 죽은 것

술 취한 듯한 동네 아이들의 함성
미쳐 돌아가는 역사의 반복
나무뿌리를 울리는 신의 발자국 소리
가난한 침묵
자꾸 어두워 가는 백주의 활극
밤보다도 더 어두운 낮의 마음
시간을 잊은 마음의 승리
환상이 환상을 이기는 시간
―대시간(大時間)은 결국 쉬는 시간

만용에게

수입에 대해서 생각하는 것은 너나 나나 매일반이다
모이 한 가마니에 430원이니
한 달에 12,3만 원이 소리 없이 들어가고
알은 하루 60개밖에 안 나오니
묵은 닭까지 합한 닭모이값이
일주일에 6일을 먹고
사람은 하루를 먹는 편이다

모르는 사람은 봄에 알을 많이 받을 것이니
마찬가지라고 하지만
봄에는 알값이 떨어진다
여편네의 계산에 의하면 7할을 낳아도
만용이(닭 시중하는 놈)의 학비를 빼면
아무것도 안 남는다고 한다

나는 점등(點燈)을 하고 새벽 모이를 주자고 주장하지만
여편네는 지금 주는 것으로 충분하다는 것이다
아니 430원짜리 한 가마니면 이틀은 먹을 터인데
어떻게 된 셈이냐고 오늘 아침에도 뇌까렸다

이렇게 주기적인 수입 소동이 날 때만은

네가 부리는 독살에도 나는 지지 않는다

무능한 내가 지지 않는 것은 이때만이다
너의 독기가 예에 없이 걸레쪽같이 보이고
너와 내가 반반—
"어디 마음대로 화를 부려 보려무나!"

피아노

피아노 앞에는 슬픈 사람들이 많이 있다
동계 방학 동안 아르바이트를 하는 누이
잡지사에 다니는
영화를 좋아하는 누이
식모살이를 하는 조카
그리고 나

피아노는 밥을 먹을 때도 새벽에도
한밤중에도 울린다
피아노의 주인은 나를 보고
시를 쓰니 음악도 잘 알 게 아니냐고
한 곡 쳐 보라고 한다
나의 새끼는 피아노 앞에서는 노예
둘째 새끼는 왕자다

삭막한 집의 삭막한 방에 놓인 피아노
그 방은 바로 어제 내가 혁명을 기념한 방
오늘은 기름진 피아노가
덩덩 덩덩덩 울리면서
나의 고갈한 비참을 달랜다

벙어리 벙어리 벙어리
식모도 벙어리 나도 벙어리
모든 게 중단이다 소리도 사념(思念)도 죽어라
중단이다 명령이다
부정기적인 중단
부정기적인 위협
—이러면 하루종일
밤의 꿈속에서도
당당한 피아노가 울리게 마련이다
그녀가 새벽부터 부정기적으로
타 온 순서대로
또 그 비참대로
값비싼 피아노가 값비싸게 울린다
돈이 울린다 돈이 울린다

깨꽃

나는 잠자는 일
잠 속의 일
쫓기어 다니는 일
불같은 일
암흑의 일
깨꽃같이 작고 많은
맨 끝으로 신경이 가는 일
암흑에 휘날리고
나의 키를 넘어서―
병아리같이 자는 일

눈을 뜨고 자는 억센 일
단명(短命)의 일
쫓기어 다니는 일
불같은 불같은 일
깨꽃같이 작은 자질구레한 일
자꾸자꾸 자질구레해지는 일
불같이 쫓기는 일
쫓기기 전 일
깨꽃 깨꽃 깨꽃이 피기 전 일
성장(成長)의 일

너······ 세찬 에네르기

물기둥을 몰고 와
거만한 바위에 항의하는 너
6월의 파도

몇천 년을 두고
영겁의 바닷가

하동(河童)들이 노닐고
게서 자란 전설의 이끼 씻어 주는
세찬 바다

나는 일요일을 집에 잠재우고
너의 끝없는 에네르기를
오늘도
한적한 해안에서 배우고 있다

지중해에서
부서지는 감정을 수리한
발레리의 테스트씨처럼

후란넬 저고리

낮잠을 자고 나서 들어 보면
후란넬 저고리도 훨씬 무거워졌다
거지의 누더기가 될락 말락 한
저놈은 어제 비를 맞았다
저놈은 나의 노동의 상징
호주머니 속의 소눈깔만 한 호주머니에 들은
물뿌리와 담배 부스러기의 오랜 친근
윗호주머니나 혹은 속호주머니에 들은
치부책 노릇을 하는 종이쪽
그러나 돈은 없다
―돈이 없다는 것도 오랜 친근이다
―그리고 그 무게는 돈이 없는 무게이기도 하다
또 무엇이 있나 나의 호주머니에는?
연필쪽!
옛날 추억이 들은 그러나 일 년 내내 한번도 펴 본 일이 없는
죽은 기억의 휴지
아무것도 집어넣어 본 일이 없는 왼쪽 안 호주머니
―여기에는 혹시 휴식의 갈망이 들어 있는지도 모른다
―휴식의 갈망도 나의 오랜 친근한 친구이다……

여자

여자란 집중된 동물이다
그 이마의 힘줄같이 나에게 설움을 가르쳐 준다
전란도 서러웠지만
포로수용소 안은 더 서러웠고
그 안의 여자들은 더 서러웠다
고난이 나를 집중시켰고
이런 집중이 여자의 선천적인 집중도와
기적적으로 마주치게 한 것이 전쟁이라고 생각했다
그런 의미에서 나는 전쟁에 축복을 드렸다

내가 지금 6학년 아이들의 과외공부집에서 만난
학부형회의 어떤 어머니에게 느낀 여자의 감각
그 이마의 힘줄
그 힘줄의 집중도
이것은 죄에서 우러나오는 것이다
여자의 본성은 에고이스트
뱀과 같은 에고이스트
그러니까 뱀은 선천적인 포로인지도 모른다
그런 의미에서 나는 속죄에 축복을 드렸다

돈

나에게 30원이 여유가 생겼다는 것이 대견하다
나도 돈을 만질 수 있다는 것이 대견하다
무수한 돈을 만졌지만 결국은 헛만진 것
쓸 필요도 없이 한 삼사 일을 나하고 침식을 같이한 돈
—어린놈을 아귀라고 하지
그 아귀란 놈이 들어오고 나갈 때마다 집어 갈 돈
풀방구리를 드나드는 쥐의 돈
그러나 내 돈이 아닌 돈
하여간 바쁨과 한가와 실의와 초조를 나하고 같이한 돈
바쁜 돈—
아무도 정시(正視)하지 못한 돈 —돈의 비밀이 여기 있다

반달

음악을 들으면 차밭의 앞뒤 시간이
가시처럼 생각된다
나비 날개처럼 된 차잎은 아침이면
날개를 펴고 저녁이면 체조라도 하듯이
일제히 쉰다 쉬는 데에도 규율이 있고
탄력이 있다 구월 중순 차나무는 거의
내 키만큼 자라나고 노란 꽃도 이제는
보잘것없이 되었는데도 밭주인은
아직도 나타나 잘라 가지 않는다

두 뙈기의 차밭 옆에는 역시 두 뙈기의
채소밭이 있다 김장 무나 배추를 심었을
인습적인 분가루를 칠한 밭 위에
나는 걸핏하면 개똥을 갖다 파묻는다
밭주인이 보면 질색을 할 노릇이지만
이 밭주인은 차밭 주인의 소작인이다
그러나 우리 집 여편네는 이것을 모두
자기 밭이라고 한다 멀쩡한 거짓말이다
그러나 이런 거짓말이 필요할 때가 있다
그러나 이런 거짓말을 해도 별로
성과는 없었다 성과가 없을 것을

알고 있기 때문에 나는 여편네의
거짓말에 반대하지 않는다

음악을 들으면 차밭의 앞뒤 시간이
가시처럼 생각된다 그리고 그 가시가
점점 더 똑똑해진다 동산에 걸린
새 달에 비친 나뭇가지처럼
세계를 배경으로 한 나의 사상처럼
죄어든 인생의 윤곽과 비밀처럼……
곡은 무용곡―모든 음악은 무용곡이다
오오 폐허의 질서여 수치의 개가(凱歌)여
차나무 냄새여 어둠이여 소녀여
휴식의 휴식이여
분명해진 그 가시의 의미여

모든 곡은 눈물이다 어렸을 때 어머니는
나의 얼굴의 사마귀를 떼 주었다
입밑의 사마귀와 눈밑의 사마귀……
그런 사마귀가 나의 아들놈의 눈 아래에
있는 것을 발견하고 나도 꼭 빼 주어야
하겠다고 결심한 일이 있었다 그런데

내 눈 아래에 다시 생긴 사마귀는
구태여 빼지 않을 작정이었다
"눈물은 나의 장사이니까"—오오 눈물의
눈물이여 음악의 음악이여
달아난 음악이여 반달이여
내 눈 아래에 다시 생긴 사마귀는
구태여 빼지 않을 작정이다

죄와 벌

남에게 희생을 당할 만한
충분한 각오를 가진 사람만이
살인을 한다

그러나 우산대로
여편네를 때려눕혔을 때
우리들의 옆에서는
어린놈이 울었고
비 오는 거리에는
40명가량의 취객들이
모여들었고
집에 돌아와서
제일 마음에 꺼리는 것이
아는 사람이
이 캄캄한 범행의 현장을
보았는가 하는 일이었다
─아니 그보다도 먼저
아까운 것이
지우산*을 현장에 버리고 온 일이었다

* 종이우산.

우리들의 웃음

나는 아이들을 가르치면서
우리나라가 종교국이라는 것에 대한 자신을 갖는다
절망은 나의 목뼈는 못 자른다 겨우 손마디뼈를
새벽이면 하프처럼 분질러 놓고 간다
나의 아들이 머리가 나빠서가 아니다
머리가 나쁜 것은 선생, 어머니, IQ다
그저께 나는 파스칼이 "머리가 나쁜 것은 나"라고 하는 말을 들었다

나는 아이들을 가르치면서
우리나라가 종교국이라는 것에 대한 자신을 갖는다
마당에 서리가 내린 것은 나에게 상상을 그치라는 신호다
그 대신 새벽의 꿈은 구체적이고 선명하다
꿈은 상상이 아니지만 꿈을 그리는 것은 상상이다
술이 상상이 아니지만 술에 취하는 것이 상상인 것처럼
오늘부터는 상상이 나를 상상한다

이제는 선생이 무섭지 않다
모두가 거꾸로다
선생과 나는 아이를 가르치는 것이 아니라 아이들을
가르치고 있기 때문이다
종교와 비종교, 시와 비시의 차이가 아이들과 아이의 차이이다

그러니까 종교도 종교 이전에 있다 우리나라가

종교국인 것처럼

새의 울음소리가 그 이전의 정적이 없이는 들리지 않는 것처럼……

모두가 거꾸로다

―태연할 수밖에 없다 웃지 않을 수밖에 없다

조용히 우리들의 웃음을 웃지 않을 수 없다

참음은

참음은 어제를 생각하게 하고
어제의 얼음을 생각하게 하고
새로 확장된 서울특별시 동남단 논두렁에
어는 막막한 얼음을 생각하게 하고
그리로 전근을 한 국민학교 선생을 생각하게 하고
그들이 돌아오는 길에 주막거리에서 쉬는 10분 동안의
지루한 정차를 생각하게 하고
그 주막거리의 이름이 말죽거리라는 것까지도
무료하게 생각하게 하고

기적(奇蹟)을 기적으로 울리게 한다
죽은 기적을 산 기적으로 울리게 한다

거대한 뿌리

나는 아직도 앉는 법을 모른다
어쩌다 셋이서 술을 마신다 둘은 한 발을 무릎 위에 얹고
도사리지 않는다 나는 어느새 남쪽식으로
도사리고 앉았다 그럴 때는 이 둘은 반드시
이북 친구들이기 때문에 나는 나의 앉음새를 고친다
8·15 후에 김병욱이란 시인은 두 발을 뒤로 꼬고
언제나 일본 여자처럼 앉아서 변론을 일삼았지만
그는 일본 대학에 다니면서 4년 동안을 제철회사에서
노동을 한 강자(強者)다

나는 이사벨라 버드 비숍* 여사와 연애하고 있다 그녀는
1893년에 조선을 처음 방문한 영국 왕립지학협회 회원이다
그녀는 인경전**의 종소리가 울리면 장안의
남자들이 모조리 사라지고 갑자기 부녀자의 세계로
화하는 극적인 서울을 보았다 이 아름다운 시간에는
남자로서 거리를 무단통행할 수 있는 것은 교군꾼***,
내시, 외국인의 종놈, 관리들뿐이었다 그리고
심야에는 여자는 사라지고 남자가 다시 오입을 하러
활보하고 나선다고 이런 기이한 관습을 가진 나라를
세계 다른 곳에서는 본 일이 없다고
천하를 호령한 민비는 한번도 장안 외출을 하지 못했다고……

전통은 아무리 더러운 전통이라도 좋다 나는 광화문
네거리에서 시구문의 진창을 연상하고 인환(寅煥)네
처갓집 옆의 지금은 매립한 개울에서 아낙네들이
양잿물 솥에 불을 지피며 빨래하던 시절을 생각하고
이 우울한 시대를 파라다이스처럼 생각한다
버드 비숍 여사를 안 뒤부터는 썩어 빠진 대한민국이
괴롭지 않다 오히려 황송하다 역사는 아무리
더러운 역사라도 좋다
진창은 아무리 더러운 진창이라도 좋다
나에게 놋주발보다도 더 쨍쨍 울리는 추억이
있는 한 인간은 영원하고 사랑도 그렇다

비숍 여사와 연애를 하고 있는 동안에는 진보주의자와
사회주의자는 네에미 씹이다 통일도 중립도 개좆이다
은밀도 심오도 학구도 체면도 인습도 치안국
으로 가라 동양척식회사, 일본영사관, 대한민국 관리,
아이스크림은 미국놈 좆대강이나 빨아라 그러나
요강, 망건, 장죽, 종묘상, 장전, 구리개 약방, 신전,
피혁점, 곰보, 애꾸, 애 못 낳는 여자, 무식쟁이,
이 모든 무수한 반동이 좋다

이 땅에 발을 붙이기 위해서는
―제3인도교의 물속에 박은 철근 기둥도 내가 내 땅에
박는 거대한 뿌리에 비하면 좀벌레의 솜털
내가 내 땅에 박는 거대한 뿌리에 비하면

괴기 영화의 맘모스를 연상시키는
까치도 까마귀도 응접을 못하는 시꺼먼 가지를 가진
나도 감히 상상을 못하는 거대한 거대한 뿌리에 비하면……

시

신앙이 동하지 않는 건지 동하지 않는 게
신앙인지 모르겠다

나비야 우리 방으로 가자
어제의 시를 다시 쓰러 가자

거위 소리

거위의 울음소리는
밤에도 여자의 호마색* 원피스를 바람에 나부끼게 하고
강물이 흐르게 하고
꽃이 피게 하고
웃는 얼굴을 더 웃게 하고
죽은 사람을 되살아나게 한다

---

* 호마노색(縞瑪瑙色)의 일본식 한자어.

강가에서

저이는 나보다 여유가 있다
저이는 나보다도 가난하게 보이는데
저이는 우리 집을 찾아와서 산보를 청한다
강가에 가서 돌아갈 차비만 남겨 놓고 술을 사 준다
아니 돌아갈 차비까지 다 마셨나 보다
식구가 나보다도 일곱 식구나 더 많다는데
일요일이면 빠지 않고 강으로 투망을 하러 나온다고 한다
그리고 반드시 4킬로가량을 걷는다고 한다

죽은 고기처럼 혈색 없는 나를 보고
얼마 전에는 애 업은 여자하고 오입을 했다고 한다
초저녁에 두 번 새벽에 한 번
그러니 아직도 늦지 않지 않았느냐고 한다
그래도 추탕을 먹으면서 나보다도 더 땀을 흘리더라만
신문지로 얼굴을 씻으면서 나보고도
산보를 하라고 자꾸 권한다

그는 나보다도 가난해 보이는데
남방셔츠 밑에는 바지에 혁대도 매지 않았는데
그는 나보다도 가난해 보이고
그는 나보다도 짐이 무거워 보이는데

그는 나보다도 훨씬 늙었는데
그는 나보다도 눈이 들어갔는데
그는 나보다도 여유가 있고
그는 나에게 공포를 준다

이런 사람을 보면 세상 사람들이 다 그처럼 살고 있는 것 같다
나같이 사는 것은 나밖에 없는 것 같다
나는 이렇게도 가련한 놈 어느 사이에
자꾸자꾸 소심해져만 간다
동요도 없이 반성도 없이
자꾸자꾸 소인이 돼 간다
속돼 간다 속돼 간다
끝없이 끝없이 동요도 없이

X에서 Y로

전등에서 소등(消燈)으로
소음에서 라디오의 중단으로
모조품 은단(銀丹)에서 인단(仁丹)으로
남의 집에서 내 방으로
노동에서 휴식으로
휴식에서 수면으로
신축공장이 아교공장의 말뚝처럼 일어서는
시골에서
새까만 발에 샌들을 신은 여자의 시골에서
무식하게 사치스러운 공허의 서울의
간선도로를 지나
아직도 얼굴의 윤곽이 뚜렷하지 않은
발목이 굵은 여자들이 많이 사는 나의 마을로
지구에서 지구로   나는   왔다
나는 왔다   억지로   왔다

이사

이제 나의 방은 막다른 방
이제 나의 방의 옆방은 자연이다
푸석한 암석이 쌓인 산기슭이
그치는 곳이라고 해도 좋다
거기에는 반드시 구름이 있고
갯벌에 고인 게으른 물이
벌레가 뜰 때마다 눈을 껌벅거리고
그것이 보기 싫어지기 전에
그것을 차단할
가까운 거리의 부엌문이 있고
아내는 집들이를 한다고
저녁 대신 뻘건 팥죽을 쑬 것이다

말

나무뿌리가 좀 더 깊이 겨울을 향해 가라앉았다
이제 내 몸은 내 몸이 아니다
이 가슴의 동계(動悸)도 기침도 한기(寒氣)도 내 것이 아니다
이 집도 아내도 아들도 어머니도 다시 내 것이 아니다
오늘도 여전히 일을 하고 걱정하고
돈을 벌고 싸우고 오늘부터의 할 일을 하지만
내 생명은 이미 맡기어진 생명
나의 질서는 죽음의 질서
온 세상이 죽음의 가치로 변해 버렸다

익살스러울 만치 모든 거리가 단축되고
익살스러울 만치 모든 질문이 없어지고
모든 사람에게 고해야 할 너무나 많은 말을 갖고 있지만
세상은 나의 말에 귀를 기울이지 않는다

이 무언의 말
이 때문에 아내를 다루기 어려워지고
자식을 다루기 어려워지고 친구를
다루기 어려워지고
이 너무나 큰 어려움에 나는 입을 봉하고 있는 셈이고
무서운 무성의를 자행하고 있다

이 무언의 말

하늘의 빛이요 물의 빛이요 우연의 빛이요 우연의 말

죽음을 꿰뚫는 가장 무력한 말

죽음을 위한 말 죽음에 섬기는 말

고지식한 것을 제일 싫어하는 말

이 만능의 말

겨울의 말이자 봄의 말

이제 내 말은 내 말이 아니다

현대식 교량

현대식 교량을 건널 때마다 나는 갑자기 회고주의자가 된다
이것이 얼마나 죄가 많은 다리인 줄 모르고
식민지의 곤충들이 24시간을
자기의 다리처럼 건너다닌다
나이 어린 사람들은 어째서 이 다리가 부자연스러운지를 모른다
그러니까 이 다리를 건너갈 때마다
나는 나의 심장을 기계처럼 중지시킨다
(이런 연습을 나는 무수히 해 왔다)

그러나 문제는 이러한 반항에 있지 않다
저 젊은이들의 나에 대한 사랑에 있다
아니 신용이라고 해도 된다
"선생님 이야기는 20년 전 이야기이지요"
할 때마다 나는 그들의 나이를 찬찬히
소급해 가면서 새로운 여유를 느낀다
새로운 역사라고 해도 좋다

이런 경이는 나를 늙게 히는 동시에 젊게 한다
아니 늙게 하지도 젊게 하지도 않는다
이 다리 밑에서 엇갈리는 기차처럼
늙음과 젊음의 분간이 서지 않는다

다리는 이러한 정지의 증인이다
젊음과 늙음이 엇갈리는 순간
그러한 속력과 속력의 정돈 속에서
다리는 사랑을 배운다
정말 희한한 일이다
나는 이제 적을 형제로 만드는 실증(實證)을
똑똑하게 천천히 보았으니까!

65년의 새 해

그때 너는 한 살이었다
그때 너는 한 살이었다
그때도 너는 기적이었다

그때 너는 여섯 살이었다
그때 너는 여섯 살이었다
그때도 너는 기적이었다

그때 너는 열여섯 살이었다
그때 너는 열여섯 살이었다
그때도 너는 기적이었다
너의 의지는 싹트기 시작했다
너의 의지는
학교 안에서 배운 모든 것이
학교 밖에서 본 모든 것이
반드시 정말이 아니라는 것을 알았고
너의 어린 의사를 발표할 줄 알았다
우리는 너를 보고 깜짝 놀랐다

그때 너는 열일곱 살이었다
그때 너는 열일곱 살이었다
그때도 너는 기적이었다

너의 근육은 굳어지기 시작했다
너의 근육은
학교 밖에서 얻어맞은 모든 것이
골목길에서 얻어맞은 모든 것이
반드시 정말이 아니라는 것을 알았고
너의 어린 행동은
어린 상징을 면하기 시작했다
너는 이제 우리 키만큼 되었다
우리는 너를 보고 깜짝 놀랐다

너는 이제 열아홉 살이었다
너는 이제 열아홉 살이었다
너는 여전히 기적이었다
너의 회의는 굳어 가기 시작했다
너의 회의는
나라 안에서 당한 모든 것이
나라 밖에서 당한 모든 것이
반드시 정말이 아니라는 것을 알았고
너의 어린 포부는
불가능의 한계를 두드려 보기 시작했다
너는 이제 우리 키보다도 더 커졌다
우리는 너를 보고 깜짝 놀랐다

너는 이제 스무 살이다

너는 이제 스무 살이다

너는 여전히 기적일 것이다

너의 사랑은 익어 가기 시작한다

너의 사랑은

삼팔선 안에서 받은 모든 굴욕이

삼팔선 밖에서 받은 모든 굴욕이

전혀 정당한 것이 아니라는 것을 알았고

너는 너의 힘을 다해서 답쌔버릴* 것이다

너의 가난을 눈에 보이는

눈에 보이지 않는 모든 가난을

이 엄청난 어려움을 고통을

이 몸을 찢는 부자유를 부자유를 나날을……

너는 이제 우리의 고통보다도 더 커졌다

우리는 너를 보고 깜짝 놀란다

아니 네가 우리를 보고 깜짝 놀란다

네가 우리를 보고 깜짝 놀란다

65년의 새 얼굴을 보고

65년의 새 해를 보고

* 어떤 대상을 두드려 패거나 족친다는 뜻의 북한어 '답새다'에서 온 말.

제임스 띵

신문 배달 아이들이 사무를 인계하는 날
제임스 띵같이 생긴 책임자가 두 아이를
데리고 찾아온 풍경이
눈(雪)에 너무 비참하게 보였던지
나는 마구 짜증을 냈다

필요 이상으로 화를 내는 것도 좋다
그 사나이는, 제임스 띵은 어이가 없어서
조그만 눈을 민첩하게 움직이면서 미소를
띠우고 섰지만
나의 고삐를 잃은 백마에 당할 리가 없다

그와 내가 대결하고 있는 깨진 유리창문 밖에서는
신구(新舊)의 두 놈이 마적의 동생처럼
떨고 있다 "아녜요" 하면서 오야붕을 응원
하려 들었지만 내가 그놈들에게
언권을 줄 리가 없다

한 놈은 가죽 방한모에 빨간 마후라였지만
또 한 놈은 잘 안 보였고 매일 아침 들은
"신문요"의 목소리를 회상하며

어떤 놈이 신(新)인지 구(舊)인지를 가려낼 틈도
없다 눈이 왔고 추웠고 너무 화가 났다

제임스 땅의 위협감은, 이상한 지방색 공포감은
자유당 때와 민주당 때와 지금의 악정(惡政)의 구별을 말살하고
정적(靜寂)을 빼앗긴, 마지막 정적을 빼앗긴
나를 몰아세운다 어서 돈을 내라고
그러니까 그들이 요구하는 것은 신문값이 아니다

또 내가 주어야 할 것도 신문값만이 아니다
수도세, 야경비, 땅세, 벌금, 전기세 이외에
내가 주어야 할 것은 신문값만이 아니다
마지막에 침묵까지 빼앗긴 내가 치러야 할
혈세—화가 있다

눈이 내린 날에는 백양궁(白羊宮)*의 비약이 없는 날에는
개도 짖지 않는 날에는 제임스 땅이 뛰어들어서는
아니 된다 나의 아들에게 불손한 말을 걸어서는
아니 된다 나의 사상에 노기를 띄우게 해서는
아니 된다

문명의 혈세를 강요해서는 아니 된다 신(新)과 구(舊)가
탈을 낸 돈이 없나 순시를 다니는 제임스 띵은
독자를 괴롭혀서는 아니 된다
나를 몰라보면 아니 된다 나의 노기(怒氣)는 타당하니까
눈은, 짓밟힌 눈은, 꺼멓게 짓밟히고 있는 눈은

타당하니까 신·구의 교체식을 그 이튿날
꿈에까지 보이게 해서는 아니 된다
마지막 정적을 빼앗긴, 핏대가 난 나에게는
너희들의 의식은 원시를 가리키고
노예 매매를 연상시킨다

이발소의 화롯가에 연분홍빛 화로
깨어진 유리에 종이를 바르고
그 언 유리에 비친 내 얼굴이 제임스 띵같이
되기까지 내가 겪은, 내가 겪을
고뇌는 무한이다

언청이야 언청이야 이발쟁이야 너의
보꿈**에 바른 신문지의 활자가 즐거웁구나
교정을 보았구나 나의 독기야

가벼운 겨울의 꿈이로구나 나의 독기의
꿈이로구나

쓸데없는 것이었다 저것이었다
너의 보꿈에 비친 활자이었다 거기에
그어진 붉은 잉크였다 인사를 하지 않은
나의 친구야 거만한 꿈은 사위어 간다
내 잘못이 인제는 다 보인다

불 피우는 소리처럼 다 들리고
재 섞인 연기처럼 다 말한다 정정이 필요 없는
겨울의 꿈 깨어진 유리의 제임스 떵
이제는 죽어서 불을 쬔다
빠개진 난로에 발을 굽는다 시꺼먼 양말을 자꾸 비빈다

* 양자리.
** 지붕의 안쪽. 천장.

미역국

미역국 위에 뜨는 기름이
우리의 역사를 가르쳐 준다 우리의 환희를
풀 속에서는 노란 꽃이 지고 바람 소리가 그릇 깨지는
소리보다 더 서걱거린다 ─우리는 그것을 영원의
소리라고 부른다

해는 청교도가 대륙 동부에 상륙한 날보다 밝다
우리의 재〔灰〕, 우리의 서걱거리는 말이여
인생과 말의 간결 ─우리는 그것을 전투의
소리라고 부른다

미역국은 인생을 거꾸로 걸게 한다 그래도 우리는
삼십 대보다는 약간 젊어졌다 육십이 넘으면 좀 더
젊어질까 기관포나 뗏목처럼 인생도 인생의 부분도
통째 움직인다 ─우리는 그것을 빈궁(貧窮)의
소리라고 부른다

오오 환희여 미역국이여 미역국에 뜬 기름이여 구슬픈 조상(祖上)이여
가뭄의 백성이여 퇴계든 정다산이든 수염 난 영감이면
복덕방 사기꾼도 도적놈 지주라도 좋으니 제발 순조로워라
자칭 예술파 시인들이 아무리 우리의 능변을 욕해도 ─이것이

환희인 걸 어떻게 하랴

인생도 인생의 부분도 통째 움직인다 ─우리는 그것을
결혼의 소리라고 부른다

적 1

우리는 무슨 적이든 적을 갖고 있다
적에는 가벼운 적도 무거운 적도 없다
지금의 적이 제일 무거운 것 같고 무서울 것 같지만
이 적이 없으면 또 다른 적—내일
내일의 적은 오늘의 적보다 약할지 몰라도
오늘의 적도 내일의 적처럼 생각하면 되고
오늘의 적도 내일의 적처럼 생각하면 되고

오늘의 적으로 내일의 적을 쫓으면 되고
내일의 적으로 오늘의 적을 쫓을 수도 있다
이래서 우리들은 태평으로 지낸다

적 2

제일 피곤할 때 적에 대한다
바위의 아량이다
날이 흐릴 때 정신의 집중이 생긴다
신의 아량이다

그는 사지의 관절에 힘이 빠져서
특히 무릎하고 대퇴골에 힘이 빠져서
사람들과
특히 그가 가장 사랑하는 사람과의 관련을 해체시킨다

시(詩)는 쨍쨍한 날씨에 청랑한 들에
환락의 개울가에 바늘 돋친 숲에
버려진 우산
망각의 상기(想起)다

성인(聖人)은 처(妻)를 적으로 삼았다
이 한국에서도 눈이 뒤집힌 사람들
틈에 끼여 사는 처와 처들을 본다
오 결별의 신호여

이조 시대의 장안에 깔린 기왓장 수만큼

나는 많은 것을 버렸다
그리고 가장 피로할 때 가장 귀한
것을 버린다

흐린 날에는 연극은 없다
모든 게 쉰다
쉬지 않는 것은 처와 처들뿐이다
혹은 버림받은 애인뿐이다
버림받으려는 애인뿐이다
넝마뿐이다

제일 피곤할 때 적에 대한다
날이 흐릴 때면 너와 대한다
가장 가까운 적에 대한다
가장 사랑하는 적에 대한다
우연한 싸움에 이겨 보려고

절망

풍경이 풍경을 반성하지 않는 것처럼
곰팡이 곰팡을 반성하지 않는 것처럼
여름이 여름을 반성하지 않는 것처럼
속도가 속도를 반성하지 않는 것처럼
졸렬과 수치가 그들 자신을 반성하지 않는 것처럼
바람은 딴 데에서 오고
구원은 예기치 않은 순간에 오고
절망은 끝까지 그 자신을 반성하지 않는다

잔인의 초

한번 잔인해 봐라
이 문이 열리거든 아무 소리도 하지 말아 봐라
태연히 조그맣게 인사 대꾸만 해 두어 봐라
마룻바닥에서 하든지 마당에서 하든지
하다가 가든지 공부를 하든지 무얼 하든지
말도 걸지 말고 — 저놈은 내가 말을 걸 줄 알지
아까 점심때처럼 그렇게 나긋나긋할 줄 알지
시금치 이파리처럼 부드러울 줄 알지
암 지금도 부드럽기는 하지만 좀 다르다
초가 쳐 있다 잔인의 초가
요놈 — 요 어린 놈 — 맹랑한 놈 — 6학년 놈 —
에미 없는 놈 — 생명
나도 나다 — 잔인이다 — 미안하지만 잔인이다 —
콧노래를 부르더니 그만두었구나 — 너도 어지간한 놈이다 — 요놈 —
죽어라

어느 날 고궁을 나오면서

왜 나는 조그마한 일에만 분개하는가
저 왕궁 대신에 왕궁의 음탕 대신에
50원짜리 갈비가 기름 덩어리만 나왔다고 분개하고
옹졸하게 분개하고 설렁탕집 돼지 같은 주인년한테 욕을 하고
옹졸하게 욕을 하고

한번 정정당당하게
붙잡혀 간 소설가를 위해서
언론의 자유를 요구하고 월남 파병에 반대하는
자유를 이행하지 못하고
20원을 받으러 세 번씩 네 번씩
찾아오는 야경꾼들만 증오하고 있는가

옹졸한 나의 전통은 유구하고 이제 내 앞에 정서(情緖)로
가로놓여 있다
이를테면 이런 일이 있었다
부산에 포로수용소의 제14야전병원에 있을 때
정보원이 너스들과 스펀지를 만들고 거즈를
개키고 있는 나를 보고 포로경찰이 되지 않는다고
남자가 뭐 이런 일을 하고 있느냐고 놀린 일이 있었다
너스들 옆에서

지금도 내가 반항하고 있는 것은 이 스펀지 만들기와
거즈 접고 있는 일과 조금도 다름없다
개의 울음소리를 듣고 그 비명에 지고
머리에 피도 안 마른 애놈의 투정에 진다
떨어지는 은행나무잎도 내가 밟고 가는 가시밭

아무래도 나는 비켜서 있다 절정 위에는 서 있지
않고 암만해도 조금쯤 옆으로 비켜서 있다
그리고 조금쯤 옆에 서 있는 것이 조금쯤
비겁한 것이라고 알고 있다!

그러니까 이렇게 옹졸하게 반항한다
이발쟁이에게
땅주인에게는 못하고 이발쟁이에게
구청 직원에게는 못하고 동회 직원에게도 못하고
야경꾼에게 20원 때문에 10원 때문에 1원 때문에
우습지 않으냐 1원 때문에

모래야 나는 얼마큼 적으냐
바람아 먼지야 풀아 나는 얼마큼 적으냐
정말 얼마큼 적으냐……

이 한국문학사

지극히 시시한 발견이 나를 즐겁게 하는 야밤이 있다
오늘 밤 우리의 현대문학사의 변명을 얻었다
이것은 위대한 힌트가 아니니만큼 좋다
또 내가 '시시한' 발견의 편집광이라는 것도 안다
중요한 것은 야밤이다

　우리는 여지껏 희생하지 않는 오늘의 문학자들에 관해서
　너무나 많이 고민해 왔다
　김동인, 박승희 같은 이들처럼 사재(私財)를 털어놓고
　문화에 헌신하지 않았다
　김유정처럼 그밖의 위대한 선배들처럼 거지짓을 하면서
　소설에 골몰한 사람도 없다……

　그러나 덤핑 출판사의 20원짜리나 20원 이하의 고료를 받고 일하는
　14원이나 13원이나 12원짜리 번역일을 하는
　불쌍한 나나 내 부근의 친구들을 생각할 때
　이 죽은 순교자들을 어떻게 생각해야 하나
　우리의 주위에 너무나 많은 순교자들의 이 발견을
　지금 나는 하고 있다

나는 광휘에 찬 신현대문학사의 시를 깨알 같은 글씨로 쓰고 있다

될 수만 있으면 독자들에게 이 깨알만 한 글씨보다 더
작게 써야 할 이 고초의 시기의
보다 더 작은 나의 즐거움을 피력하고 싶다

덤핑 출판사의 일을 하는 이 무의식 대중을 웃지 마라
지극히 시시한 이 발견을 웃지 마라
비로소 충만한 이 한국문학사를 웃지 마라
저들의 고요한 숨길을 웃지 마라
저들의 무서운 방탕을 웃지 마라
이 무서운 낭비의 아들들을 웃지 마라

H

H는 그전하곤 달라졌어
내가 K의 시 얘기를 했더니 욕을 했어
욕을 한 건 그것뿐이었어
그건 그의 인사였고 달라지지 않은 것은 그것뿐
그밖에는 모두가 좀 달라졌어

우리는 격하지 않고 얘기할 수 있었어
훌륭하게 훌륭하게 얘기할 수 있었어
그의 약간의 오류는 문제가 아냐
그의 오류는 꽃이야
이 무엇이라고 말할 수 없는 나라의 수도의
한복판에서

우리는 그 또 한복판이 되구 있어
그도 이 관용을 알고 이 마지막 관용을 알고 있지만
음미벽(吟味癖)이 있는 나보다는 덜 알고 있겠지
그러니까 그가 나보다도 아직까지는 더 순수한 폭도 되고
우리는 월남의 중립 문제니 새로 생긴다는 혁신정당 얘기를
하고 있었지만
아아 비겁한 민주주의여 안심하라
우리는 정치 얘기를 하구 있었던 게 아니야

우리는 조금도 흥분하지 않았고
그는 그전처럼 욕도 하지 않았고
내 찻값까지 합해서 100원을 치르고 나가는
그의 표정을 보고
나는 그가 필시 속으로는 나를 포기하고
있다는 것을 알았어

그는 그전하곤 달라졌어
그는 이제 조용하게 나를 경멸할 줄 알아
석 달 전에 결혼한 그는 그전하곤 모두가 좀 달라졌어
그리고 그가 경멸하고 있는 건 나의
정치 문제뿐이 아냐

이혼 취소

당신이 내린 결단이 이렇게 좋군
나하고 별거를 하기로 작정한 이틀째 되는 날
당신은 나와의 이혼을 결정하고
내 친구의 미망인의 빚보를 선 것을
물어 주기로 한 것이 이렇게 좋군
집문서를 넣고 6부 이자로 10만 원을
물어 주기로 한 것이 이렇게 좋군

10만 원 중에서 5만 원만 줄까 3만 원만 줄까
하고 망설였지 당신보다도 내가 더 망설였지
5만 원을 무이자로 돌려 보려고
피를 안 흘리려고 생전 처음으로 돈 가진 친구한테
정식으로 돈을 꾸러 가서 안 됐지
이것을 하고 저것을 하고 저것을 하고 이것을
하고 피를 안 흘리려고
피를 흘리되 조금 쉽게 흘리려고
저것을 하고 이짓을 하고 저짓을 하고
이것을 하고

그러다가 스코틀랜드의 에딘버러 대학에 다니는
나이 어린 친구한테서 편지를 받았지

그 편지 안에 적힌 블레이크의 시를 감동을 하고
읽었지 "Sooner murder an infant in its
cradle than nurse unacted desire"* 이것이
무슨 뜻인지 알았지 그러나 완성하진 못했지

이것을 지금 완성했다 아내여 우리는 이겼다
우리는 블레이크의 시를 완성했다 우리는
이제 차디찬 사람들을 경멸할 수 있다
어제 국회의장 공관의 칵테일파티에 참석한
천사 같은 여류 작가의 냉철한 지성적인
눈동자는 거짓말이다
그 눈동자는 피를 흘리고 있지 않다
선이 아닌 모든 것은 악이다 신의 지대(地帶)에는
중립이 없다
아내여 화해하자 그대가 흘리는 피에 나도
참가하게 해 다오 그러기 위해서만
이혼을 취소하자

---

* 영문으로 쓴 블레이크의 시를 나는 이렇게 서투르게 의역했다― "상대방**이 원수같이 보일 때 비로소 자신이 선(善)의 입구에 와 있는 줄 알아라."(원주)
** 상대방은 곧 미망인이다.(원주)

눈

눈이 온 뒤에도 또 내린다

생각하고 난 뒤에도 또 내린다

응아 하고 운 뒤에도 또 내릴까

한꺼번에 생각하고 또 내린다

한 줄 건너 두 줄 건너 또 내릴까

폐허에 폐허에 눈이 내릴까

식모

그녀는 도벽이 발견되었을 때 완성된다
그녀뿐이 아니라
나뿐이 아니라 천역(賤役)에 찌들린
나뿐만이 아니라
여편네뿐이 아니라 안달을 부리는
여편네뿐만이 아니라
우리들의 새끼들까지도
아무것도 모르는 우리들의 새끼들까지도

그녀가 온 지 두 달 만에 우리들은 처음으로 완성되었다
처음으로 처음으로

풀의 영상

고민이 사라진 뒤에
이슬이 앉은 새봄의 낯익은 풀빛의 영상이
떠오르고 나서도
그것은 또 한참 시간이 필요했다
　　시계를 맞추기 전에
　　라디오의 시종(時鐘)이 나오기를 기다리는 것처럼
　　안타깝다

봄이 오기 전에 속옷을 벗고 너무 시원해서 설워지듯이
성급한 우리들은 이 발견과 실감 앞에 서럽기까지도 하다
　　전 아시아의 후진국 전 아프리카의 후진국
　　그 섬조각 반도조각 대륙조각이
　　이 발견의 봄이 오기 전에 옷을 벗으려고
　　뚜껑이 열렸다 닫히는 소리

라디오의 시종을 고하는 소리 대신에 서도가(西道歌)*와
목사의 열띤 설교 소리와 심포니가 나오지만
　　이 소음들은 나의 푸른 풀의 가냘픈
　　영상을 꺾지 못하고
그 영상의 전후의 고민의 환희를 지우지 못한다

나는 옷을 벗는다 엉클 샘을 위해서
아시아와 아프리카의 무거운 겨울옷을 벗는다
　　겨울옷의 영상도 충분하다 누더기 누빈 옷
　　가죽옷 융옷 솜이 몰린 솜옷……
그러다가 드디어 나는 월남인이 되기까지도 했다
엉클 샘에게 학살당한
월남인이 되기까지도 했다

---

* 서도민요.

엔카운터지(誌)

빌려 드릴 수 없어. 작년하고도 또 틀려.
눈에 보여. 냉면집 간판 밑으로 —육개장을 먹으러—
들어갔다가 나왔어 —모밀국수 전문집으로 갔지—
매춘부 젊은 애들, 때 묻은 발을 꼬고 앉아서
유부우동을 먹고 있는 것을 보다가 생각한 것
아냐. 그때는 빌려 드리려고 했어. 관용의 미덕
그걸 할 수 있었어. 그것도 눈에 보였어. 엔카운터
속의 이오네스코까지도 희생할 수 있었어. 그게
무어란 말야. 나는 그 이전에 있었어. 내 몸. 빛나는
몸.

그렇게 매일을 믿어 왔어. 방을 이사를 했지. 내
방에는 아들놈이 가고 나는 식모아이가 쓰던 방으로
가고. 그런데 큰놈의 방에 같이 있는 가정 교사가 내
기침 소리를 싫어해. 내가 붓을 놓는 것까지
자리에서 일어나는 것까지 문을 여는 것까지 알고
방어 작전을 써. 그래서 안방으로 다시 오고, 내가
있던 기침 소리가 가정 교사에게 들리는 방은 도로
식모아이한테 주었지. 그때까지도 의심하지 않았어.
책을 빌려 드리겠다고. 나의 모든 프라이드를
재산을 연장을 내드리겠다고.

그렇게 매일을 믿어 왔는데, 갑자기 변했어.
왜 변했을까. 이게 문제야. 이게 내 고민야.
지금도 빌려줄 수는 있어. 그렇지만 안 빌려줄 수도
있어. 그러나 너무 재촉하지 마라. 이 문제가 해결
되기까지 기다려 봐. 지금은 안 빌려주기로 하고
있는 시간야. 그래야 시간을 알겠어. 나는 지금 시간
과 싸우고 있는 거야. 시간이 있었어. 안 빌려주
게 됐다. 시간야. 시간을 느꼈기 때문야. 시간이
좋았기 때문야.

시간은 내 목숨야. 어제하고는 틀려졌어. 틀려
졌다는 것을 알았어. 틀려져야겠다는 것을 알
았어. 그것을 당신한테 알릴 필요가 있어. 그것
이 책보다 더 중요하다는 걸 모르지. 그것을
이제부터 당신한테 알리면서 살아야겠어 —그게
될까? 되면? 안 되면? 당신! 당신이 빛난다.
우리들은 빛나지 않는다. 어제도 빛나지 않고,
오늘도 빛나지 않는다. 그 연관만이 빛난다.
시간만이 빛난다. 시간의 인식만이 빛난다.
빌려주지 않겠다. 빌려주겠다고 했지만
빌려주지 않겠다. 야한 선언을

하지 않고 우물쭈물 내일을 지내고
모레를 지내는 것은 내가 약한 탓이다.
야한 선언은 안 해도 된다. 거짓말을 해도
된다.

안 빌려주어도 넉넉하다. 나도 넉넉하고,
당신도 넉넉하다. 이게 세상이다.

전화 이야기

여보세요. 앨비의 아메리칸 드림예요. 절망예요.
8월달에 실어 주세요. 절망에서 나왔어요.
모레면 다 돼요. 200매예요. 특종이죠.
머릿속에 특종이란 자가 보여요. 여편네하고
싸우고 나왔지요. 순수하죠. 앨비 말예요.
살롱 드라마이지요. 반도호텔이나 조선호텔에서
공연을 하게 돼요. 절망의 여운이에요.
미해결이지요. 좋아요. 만족입니다.
신문회관 3층에서 하는 게 낫다구요. 아녜요.
거기에는 냉방장치가 없어요. 장소는 200명가량
수용될지 모르지만요. 절망의 연료가 모자
란다구요. 그래요! 반도호텔 같은 데라야
미국놈들한테서 입장료를 받을 수 있지요.
여편네하고는 헤어져도 되지만, 아이들이
불쌍해서요, 미해결예요.

코리언 드림이라구요. 놀리지 마세요.
아이놈은 자구 있어요. 구원이지요. 나를
방해를 안 하니까요. 절망의 물방울이
튄 거지요.
내 주신다면, 당신의 잡지의 8월호에 내 주신다면,

특종이니깐요, 극단도 좋고, 당신네도
좋고, 번역하는 사람도 좋고, 나도 좋은
일을 하는 폭이 되지요.
앨비예요, 앨비예요. 에이 엘 삐 이 이. 네.
그래요. 아아, 그렇군요.
네에, 그러실 겁니다. 아뇨. 아아, 그렇군요.

이런 전화를, 번역하는 친구를 옆에 놓고,
생색을 내려고, 하고 나서, 그 부고(訃告)를
그에게 전하고, 그 무지무지한 소란 속에서
나의 소란을 하나 더 보탠 것에 만족을
느낀 것은 절망에 지각하고 난 뒤이다.

태백산맥

전장 6000킬로의 기분 나쁜 현실이
강아지풀 위에서 눈망울을 잃고
아시아의 둘째 발가락의 주근깨를
설악산이라고 여름과 겨울을 타서 고작
피서나 스키를 타러 가는 파리에 다녀온
아가씨들은 이것이 누구의 산인지 모르오
누구의 강릉인지 누구의 경포댄지
누구의 월정사인지 모르오

우리의 눈에는 오대산보다도 미스 리의 얼굴이
더 크게 보이고 당신의 호르몬의 정자가 더 크게 보이고
증오가 더 크게 보이고
나는 그 증오를 넘어서려고 제미니 10호의
너무 높은 고도에서 금강산을 보오
내 고향은 함경도요, 고성이요
그러나 태백산의 기분 나쁜 현실이 싫어서
고향을 속이고 있소

우리에겐 태백산을 위한 8분간의 정신 집중조차
없소 우리는 서양 사람들이 태백산이 좋다고
해야 좋다고 하오 프리타민은 피요 국산 플라즈마는

믿지 않소 한독제약이나 파이자회사의 특약점
것은 반쯤 믿겠지 사실 그럴 수밖에 없을
거요 정량이 다 들어 있지 않소 그처럼
태백산도 8할의 정량이 있으면 사기를
안 하게요 아니면 나라가 인정한 공인된 사기요

금강산은 너무 멀지 우리는 옆의 집도 못 가는데
식모도 사랑하지 못하는데 서울 안에서는
절망의 비어홀밖에 볼 게 없지 서울을 태백산으로
옮깁시다 바랭이 바랭이 참바랭이 들숲
속으로 옮깁시다 변절자나 패잔병들처럼
알제의 변절자나 태평양의 패잔병들처럼
소금만 핥고 사는 법을 배웁시다

가짜 소금이 나오는 날까지 아카시아꽃 꿀은
먹지 맙시다 트럭은 세를 얻어 강원도 일대로 꽃을
따라 다니다가 두 파운드짜리 양키 깡통에 담은
꿀을 도둑 맞았소 자유당 때요 그 얘기는
그만둡시다 우리는 모두가 양심의 발판을 잃었소
태백산맥을 도둑질하고 있다는 거요

아아 고향 766킬로 상공에서 보는 고향
내 고향을 도둑질하는 놈이 나요 이 우주
정류장의 미치광이버섯 같은 소파 위에서
나는 나를 체포하오
고향이 움직이지 않고 호박벌이 움직이지 않고
공간이 움직이지 않고 내 욕심이 움직이지 않
을 때—이때요 이때가 시간이요

이 시간을 위해서 시간의 연습을 합시다
태백산맥이 태백산맥이 아니 될 때를 위해서
태백산맥의 노래의 연습을 합시다
4분지 4박자 고도 800미터의 유치한 계명
의 노래, 이 더러운 노래

설사의 알리바이

설파제를 먹어도 설사가 막히지 않는다

하룻동안 겨우 막히다가 다시 뒤가 들먹들먹한다

꾸루룩거리는 배에는 푸른색도 흰색도 적(敵)이다

배가 모조리 설사를 하는 것은 머리가 설사를

시작하기 위해서다 성(性)도 윤리도 약이

되지 않는 머리가 불을 토한다

여름이 끝난 벽 저쪽에 서 있는 낯선 얼굴

가을이 설사를 하려고 약을 먹는다

성과 윤리의 약을 먹는다 꽃을 거두어들인다

문명의 하늘은 무엇인가로 채워지기를 원한다

나는 지금 규제로 시를 쓰고 있다 타의의 규제

아슬아슬한 설사다

언어가 죽음의 벽을 뚫고 나가기 위한

숙제는 오래된다 이 숙제를 노상 방해하는 것이

성의 윤리와 윤리의 윤리다 중요한 것은

괴로움과 괴로움의 이행이다 우리의 행동

이것을 우리의 시로 옮겨 놓으려는 생각은

단념하라 괴로운 설사

괴로운 설사가 끝나거든 입을 다물어라 누가

보았는가 무엇을 보았는가 일절 말하지 말아라

그것이 우리의 증명이다

금성라디오

금성라디오 A 504를 맑게 개인 가을날
일수로 사들여 온 것처럼
500원인가를 깎아서 일수로 사들여 온 것처럼
그만큼 손쉽게
내 몸과 내 노래는 타락했다

헌 기계는 가게로 가게에 있던 기계는
옆에 새로 난 쌀가게로 타락해 가고
어제는 캐시밀론이 들은 새 이불이
어젯밤에는 새 책이
오늘 오후에는 새 라디오가 승격해 들어왔다

아내는 이런 어려운 일들을 어렵지 않게 해치운다
결단은 이제 여자의 것이다
나를 죽이는 여자의 유희다
아이놈은 라디오를 보더니
왜 새 수련장은 안 사 왔느냐고 대들지만

도적

도적이 우리 집을 노리고 있다
닭장이 무너진 공터에 두른 판장을 뚫고
매일 밤 저희 집처럼 출입하고 있다
개가 여러 번 짖는 소리를 들었지만
나는 귀찮아서 나가지를 않았다
쥐보다 좀 큰 도적일 거라 아마
그 정도일 거라

돈에 치를 떠는 여편네도 도적이 들어왔다는
말에는 놀라지 않는다
그놈은 우리 집 광에 있는 철사를 노리고 있다
시가 700원가량의 새 철사 뭉치는 우리 집의
양심의 가책이다
우리가 도적질을 한 것은 아니지만 우리가
훔친 거나 다름없다 아니 그보다도 더 나쁘다
앞의 2층집이 신축을 하고 담을 두르고
가시철망을 칠 때 우리도 그 철망을 치던
일꾼을 본 일이 있다
그 일꾼이 우리 집 마당에다 그놈을 팽개
쳤다 그것을 그놈이 일이 끝나고 나서
가져갈 작정이었다 막걸리값으로 하려고

했는지 아침쌀을 팔려고 했는지 아마
그 정도일 거라 그것을 그놈이 가져
가기 전에 우리가 발견했다
이 횡재물이 지금 우리 집 뜰 아래 광에
들어 있다

나는 도적이 이 철사의 반환을 꾀하고 있다고
생각한다 우리 집 건넌방의 캐비닛을
노리고 있다고는 생각되지 않는다 아마
그럴지도 모르지만
나는 광문에 못을 쳐 놓았다
그 이튿날 여편네와 식모가 하는 말을 들어 보니
철사 뭉치는 벌써 지하실에 도피시켜 놓은 모양이었다
도적은 간밤에는 사그러진 담장 쪽이 아닌
우리 집의 의젓한 벽돌 기둥의 정문 앞을
새벽녘에 거닐었다고 한다
시험공부를 하느라고 밤을 새는 큰아이놈의
말이다 필시 그럴 거라

그래도 여편네는 담을 고치지 않는다
내가 고치라고 조르니까 더 안 고치는지도 모른다

고칠 사람을 구하기가 어려운 것도 있고
돈이 아까울지도 모른다

고칠 사람을 구하기가 어렵다고 하지만
돈이 아까울 거라 그럴 거라
내 추측이 맞을 거라
아니 내가 고치라고 하니까 안 고칠 거라
이 추측이 맞을 거라 이 추측이 맞을 거라
이 추측이 맞을 거라

네 얼굴은

네 얼굴은 진리에 도달했다
어저께 진리에 도달했다
어저께 환희를 잃었기 때문이다

아아 보기 싫은 머리에 두툼한 어깨는
허위의 상징
꺼져라 20년 전의 악마야

손에는 무거운 보따리를 들고
가다가다 기침을 하면서
집에는 차압(差押)을 해 온 파일 오버가 있는데도
배자 위에 얄따란 검정 오버를 입고
사흘 전에 술에 취해 흘린 가래침 자국—
아니 빚쟁이와 싸우다 나오는 길에 흘린
침 자국

죽어라 이성을 되찾기 전에

네 얼굴은 진리에 도달했다
어저께 진리에 도달한 얼굴은
오늘은 술을 잊은 얼굴이다

가구점의 문앞에서 책꽂이를
묶어 주는 철쭉꽃빛 루주를 바른
주인 여자의 얼굴—
그 얼굴은 네 얼굴보다는
간음을 상상할 수 있을 만큼
그렇게 조금은 생생하지만
죽어라 돈을 받기보다는
죽어라 돈을 받기 전에

판문점의 감상

31일까지 준다고 한 3만 원

29일까지는 된다고 하고 그러나 넉넉잡고 내일까지 기다리라고 한
3만 원
이것을 받아야 할 사람은 1·4후퇴 때 나온
친구의 부인
이것을 떼먹은 년은 여편네가 든 계(契)의 오야가 주재하는
우리 여편네는 들지 않은 백만 원짜리 계의 멤버로 인형을 만들어 파
는 년이라나
이 3만 원을 달러 이자라도 내서 갚아 달라고 대드는 바람에
집문서를 갖고 가서 무이자로 15개월만
돌려 달라고 우리가 강청한 사람은 이 돈을 받을 사람과 한 고향인 함
경도 친구

이 돈이 31일까지 나올 가망성이 없다
전화를 걸어 보니 아직도 해결이 안 됐느냐고
오히려 반문하는 품이 벌써 이상스럽다
이것이 안 되면 어떻게 하나 그 생각을
그 마지막 대책을 나는 일부러 생각하지
않고 있다
31일까지!

31일 오오 나의 판문점이여

벌판이여 암흑의 바보의

장막이여 이 돈은 원은 10월 말일이

기한이고

내 날짜로는 그것이 기한이고

삼팔선의 날짜로는 8월 15일이 기한인데

3만 원을 돌려 달라고 우리가 부탁한 친구가

돈을 받은 1·4후퇴의 친구 부인하고

한 고향이라는 것을

31일까지 돌려주겠다고 아니 29일까지

돌려주겠다고 집문서로 가지고 간 친구에게

말한 것이 잘못이었나 보다

이것이 이남 사람인 우리 부부의 오산이었나 보다

삼팔선에 대한

또 한해의 터무니 없는 감상이었나 보다

그렇지?

VOGUE야

VOGUE야 넌 잡지가 아냐
섹스도 아냐 유물론도 아냐 선망조차도
아냐 ―선망이란 어지간히 따라갈 가망성이 있는
상대자에 대한 시기심이 아니냐, 그러니까 너는
선망도 아냐

마룻바닥에 깐 비닐 장판에 구공탄을 떨어뜨려
탄 자국, 내 구두에 묻은 흙, 변두리의 진흙,
그런 가슴의 죽음의 표식만을 지켜 온,
밑바닥만을 보아 온, 빈곤에 마비된 눈에
하늘을 가리켜 주는 잡지
VOGUE야

신성을 지키는 시인의 자리 위에 또 하나
넓은 자리가 있었던 것을 자식한테
가르쳐 주지 않은 죄―그 죄에 그렇게
오랜 시간을 시달리면서도 그것을 몰랐다
VOGUE야 너의 세계에 스크린을 친 죄,
아이들의 눈을 막은 죄―그 죄의 앙갚음
VOGUE야

그리고 아들아 나는 아직도 너에게 할 말이
왜 없겠는가 그러나 안 한다
안 하기로 했다 안 해도 된다고
생각했다 안 해야 한다고 생각했다
너에게도 엄마에게도 모든
아버지보다 돈 많은 사람들에게도
아버지 자신에게도

사랑의 변주곡

욕망이여 입을 열어라 그 속에서
사랑을 발견하겠다 도시의 끝에
사그러져 가는 라디오의 재잘거리는 소리가
사랑처럼 들리고 그 소리가 지워지는
강이 흐르고 그 강 건너에 사랑하는
암흑이 있고 삼월을 바라보는 마른 나무들이
사랑의 봉오리를 준비하고 그 봉오리의
속삭임이 안개처럼 이는 저쪽에 쪽빛
산이

사랑의 기차가 지나갈 때마다 우리들의
슬픔처럼 자라나고 도야지우리의 밥찌끼
같은 서울의 등불을 무시한다
이제 가시밭, 덩쿨장미의 기나긴 가시 가지
까지도 사랑이다

왜 이렇게 벅차게 사랑의 숲은 밀려닥치느냐
사랑의 음식이 사랑이라는 것을 알 때까지

난로 위에 끓어오르는 주전자의 물이 아슬
아슬하게 넘지 않는 것처럼 사랑의 절도(節度)는

열렬하다
간단(間斷)도 사랑
이 방에서 저 방으로 할머니가 계신 방에서
심부름하는 놈이 있는 방까지 죽음 같은
암흑 속을 고양이의 반짝거리는 푸른 눈망울처럼
사랑이 이어져 가는 밤을 안다
그리고 이 사랑을 만드는 기술을 안다
눈을 떴다 감는 기술—불란서 혁명의 기술
최근 우리들이 4·19에서 배운 기술
그러나 이제 우리들은 소리 내어 외치지 않는다

복사씨와 살구씨와 곶감씨의 아름다운 단단함이여
고요함과 사랑이 이루어 놓은 폭풍의 간악한
신념이여
봄베이도 뉴욕도 서울도 마찬가지다
신념보다도 더 큰
내가 묻혀 사는 사랑의 위대한 도시에 비하면
너는 개미이냐

아들아 너에게 광신을 가르치기 위한 것이 아니다
사랑을 알 때까지 자라라

인류의 종언의 날에
너의 술을 다 마시고 난 날에
미대륙에서 석유가 고갈되는 날에
그렇게 먼 날까지 가기 전에 너의 가슴에
새겨 둘 말을 너는 도시의 피로에서
배울 거다
이 단단한 고요함을 배울 거다
복사씨가 사랑으로 만들어진 것이 아닌가 하고
의심할 거다!
복사씨와 살구씨가
한번은 이렇게
사랑에 미쳐 날뛸 날이 올 거다!
그리고 그것은 아버지 같은 잘못된 시간의
그릇된 명상이 아닐 거다

거짓말의 여운 속에서

사람들은 내 말을 믿지 않는다
시평(詩評)의 칭찬까지도 시집의 서문을 받은 사람까지도
내가 말한 정치 의견을 믿지 않는다

봄은 오고 쥐새끼들이 총알만 한 구멍의 조직을 만들고
풀이, 이름도 없는 낯익은 풀들이, 풀새끼들이
허물어진 담 밑에서 사과 껍질보다도 얇은

시멘트 가죽을 뚫고 일어나면 내 집과
나의 정신이 순간적으로 들렸다 놓인다
요는 정치 의견이 맞지 않는 나라에는 못 산다

그러나 쥐구멍을 잠시 거짓말의 구멍이라고
바꾸어 생각해 보자 내가 써 준 시집의 서문을
믿지 않는 사람의 얼굴의 사마귀나 여드름을—

그 사람도 거짓말의 총알의 까맣고 빨간
흔적을 가진 사람이라고—그래서 우리의 혼란을
승화시켜 보자 그러나 그러나 그러나

일본 말보다도 더 빨리 영어를 읽을 수 있게 된

몇 차례의 언어의 이민을 한 내가
우리말을 너무 잘해서 곤란하게 된 내가

지금 불란서 소설을 읽으면서 아직도 말하지
못한 한 가지 말―정치 의견의 우리말이
생각이 안 난다 거짓말 거짓말

거짓말의 부피가 하늘을 덮는다 나는 눈을
가리고 변소에 갔다 온다
사람들은 내 말을 믿지 않고 내가 내 말을 안 믿는다

나는 아무것도 안 속였는데 모든 것을 속였다
이 죄에는 사과의 길이 없다 봄이 오고
쥐가 나돌고 풀이 솟는다 소리 없이 소리 없이

나는 한 가지를 안 속이려고 모든 것을 속였다
이 죄의 여운에는 사과의 길이 없다 불란서에 가더라도
금방 불란서에 가더라도 금방 자유가 온다 해도

꽃잎

1

누구한테 머리를 숙일까
사람이 아닌 평범한 것에
많이는 아니고 조금
벼를 터는 마당에서 바람도 안 부는데
옥수수잎이 흔들리듯 그렇게 조금

바람의 고개는 자기가 일어서는 줄
모르고 자기가 가 닿는 언덕을
모르고 거룩한 산에 가 닿기
전에는 즐거움을 모르고 조금
안 즐거움이 꽃으로 되어도
그저 조금 꺼졌다 깨어나고

언뜻 보기엔 임종의 생명 같고
바위를 뭉개고 떨어져 내릴
한 잎의 꽃잎 같고
혁명 같고
먼저 떨어져 내린 큰 바위 같고
나중에 떨어진 작은 꽃잎 같고

나중에 떨어져 내린 작은 꽃잎 같고

2

꽃을 주세요 우리의 고뇌를 위해서
꽃을 주세요 뜻밖의 일을 위해서
꽃을 주세요 아까와는 다른 시간을 위해서

노란 꽃을 주세요 금이 간 꽃을
노란 꽃을 주세요 하얘져 가는 꽃을
노란 꽃을 주세요 넓어져 가는 소란을

노란 꽃을 받으세요 원수를 지우기 위해서
노란 꽃을 받으세요 우리가 아닌 것을 위해서
노란 꽃을 받으세요 거룩한 우연을 위해서

꽃을 찾기 전의 것을 잊어버리세요
　　　　꽃의 글자가 비뚤어지지 않게
꽃을 찾기 전의 것을 잊어버리세요
　　　　꽃의 소음이 바로 들어오게

꽃을 찾기 전의 것을 잊어버리세요
　　꽃의 글자가 다시 비뚤어지게

내 말을 믿으세요 노란 꽃을
못 보는 글자를 믿으세요 노란 꽃을
떨리는 글자를 믿으세요 노란 꽃을
영원히 떨리면서 빼먹은 모든 꽃잎을 믿으세요
보기 싫은 노란 꽃을

3

순자야 너는 꽃과 더워져 가는 화원의
초록빛과 초록빛의 너무나 빠른 변화에
놀라 잠시 찾아오기를 그친 벌과 나비의
소식을 완성하고

우주의 완성을 건 한 자(字)의 생명의
귀추를 지연시키고
소녀가 무엇인지를
소녀는 나이를 초월한 것임을

너는 어린애가 아님을
너는 어른도 아님을
꽃도 장미도 어제 떨어진 꽃잎도
아니고
떨어져 물 위에서 썩은 꽃잎이라도 좋고
썩는 빛이 황금빛에 닮은 것이 순자야
너 때문이고
너는 내 웃음을 받지 않고
어린 너는 나의 전모를 알고 있는 듯
야아 순자야 깜찍하고나
너 혼자서 깜찍하고나

네가 물리친 썩은 문명의 두께
멀고도 가까운 그 어마어마한 낭비
그 낭비에 대항한다고 소모한
그 몇 갑절의 공허한 투자
대한민국의 전 재산인 나의 온 정신을
너는 비웃는다

너는 열네 살 우리 집에 고용을 살러 온 지
3일이 되는지 5일이 되는지 그러나 너와 내가

접한 시간은 단 몇 분이 안 되지 그런데
어떻게 알았느냐 나의 방대한 낭비와 난센스와
허위를
나의 못 보는 눈을 나의 둔갑한 영혼을
나의 애인 없는 더러운 고독을
나의 대대로 물려받은 음탕한 전통을

꽃과 더워져 가는 화원의
꽃과 더러워져 가는 화원의
초록빛과 초록빛의 너무나 빠른 변화에
놀라 오늘도 찾아오지 않는 벌과 나비의
소식을 더 완성하기까지

캄캄한 소식의 실낱같은 완성
실낱같은 여름날이여
너무 간단해서 어처구니없이 웃는
너무 어처구니없이 간단한 진리에 웃는
너무 진리가 어처구니없이 간단해서 웃는
실낱같은 여름 바람의 아우성이여
실낱같은 여름 풀의 아우성이여
너무 쉬운 하얀 풀의 아우성이여

여름밤

지상의 소음이 번성하는 날은
하늘의 소음도 번쩍인다
여름은 이래서 좋고 여름밤은
이래서 더욱 좋다

소음에 시달린 마당 한구석에
철 늦게 핀 여름 장미의 흰 구름
소나기가 지나고 바람이 불듯
하더니 또 안 불고
소음은 더욱 번성해진다

사람이 사람을 아끼는 날
소음이 더욱 번성하다 남은 날
사람이 사람을 사랑하던 날
소음이 더욱 번성하기 전날
우리는 언제나 소음의 2층

땅의 2층이 하늘인 것처럼
이렇게 인정(人情)의 하늘이 가까워진
일이 없다 남을 불쌍히 생각함은
나를 불쌍히 생각함이라

나와 또 나의 아들까지도

사람이 사람을 사랑하다 남은 날
땅에만 소음이 있는 줄 알았더니
하늘에도 천둥이, 우리의 귀가
들을 수 없는 더 큰 천둥이 있는 줄
알았다 그것이 먼저 있는 줄 알았다

지상의 소음이 번성하는 날은
하늘의 천둥이 번쩍인다
여름밤은 깊을수록
이래서 좋아진다

미농인찰지(美濃印札紙)[*]

우리 동네엔 미대사관에서 쓰는 타이프 용지가 없다우
편지를 쓰려고 그걸 사 오라니까 밀용인찰지를 사 왔드라우
(밀용인찰지인지 밀양인찰지인지 미룡인찰지인지
사전을 찾아보아도 없드라우)
편지지뿐만 아니라 봉투도 마찬가지지 밀용지 넉 장에
봉투 두 장을 4원에 사가지고 왔으니 알지 않겠소
이것이 편지를 쓰다 만 내력이오―꽉 막히는구려

꽉 막히는 이것이 나의 생활의 자연의 시초요
바다와 별장과 용솟음치는 파도와 조니 워커와
조크와 미인과 패티 김과 애교와 호담(豪談)과
남자와 포부의 미련에 대한
편지는 못 쓰겠소 매부 돌아오는 길에
차창에서 내다본 중앙선의 복선 공사에 동원된
갈대보다도 더 약한 소년들과 부녀자들의
노동의 참경(慘景)에 대한 편지도 못 쓰겠소 매부

이 인찰지와 이 봉투지로는 편지는 못 쓰겠소
더위도 가시고 오늘은 하루 종일 일도
안 하고 있지만 밀용인찰지의 나의 생활을
당신한테 보일 수는 없소 이제는

370

편지를 안 해도 한 거나 다름없고 나는
조금도 미안하지 않소 매부의 태산 같은
친절과 친절의 압력에 대해서 미안하지 않소

당신이 사 준 북어와 오징어와 이등차표와
경포대의 선물과 도리스 위스키와 라즈베리 잼에 대해서
미안하지 않소 당신의 모든 행복과 우리들의 바닷가의
행복의 모든 추억에 대해서 미안하지 않소
살아 있던 시간에 대해서 미안하지 않소
나와 나의 아내와 우리 집의 온 가옥의 무게를 다 합해서
밀양에서 온 식모의 소박과 원한까지를 다 합해서
미안하지 않소―만 다만 식모를 부르는 소리가
좀 단호해졌을 뿐이오 미안할 정도로 좀―

---

* 미농지는 닥나무 껍질로 만든 질기고 얇은 종이고, 인찰지는 흔히 공문서를 작성하는 데 쓰이는
패선지를 말한다.

세계 일주

그대의 길은 잘못된 길이다
—세계 일주를 하고 온 길은 잘못된 길이다
—세계 일주를 떠났다는 것이 잘못된 길이다
너무나 먼 잘못된 길이다
너무나 많은 잘못된 나라다

그 죄과(罪過)를 그 방대한 21개국의 지도를
그대는 선물로 나에게 펼쳐 보이지만
그대가 준 손수건의 암시처럼
불길한 눈물을 흘리게 했지만
그 분풀이로 어리석은 나는 술을 마시고
창문을 부수고 여편네를 때리고
지옥의 시까지 썼지만

지금 나는 21개국의 정수리에
사랑의 깃발을 꽂는다
그대의 눈에도 보이도록 꽂는다
그대가 봉변을 당한 식인종의 나라에도
그대가 납치를 당할 뻔한 공산국가에도
보이도록
지옥의 시를 쓰고 난 뒤에

그대의 출발이 잘못된 출발이었다고
알려 주려고
모든 세계 일주가 잘못된 출발이라고
알려 주려고—

라디오 계(界)

6이 KBS 제2방송
7이 동 제1방송
그 사이에 시시한 주파가 있고
8의 조금 전에 동아방송이 있고
8.5가 KY인가 보다
그리고 10.5는 몸서리치이는 그것

이 몇 개의 판테온의 기둥 사이에
뒹굴고 있는 폐허의 돌조각들보다도
더 값없게 발길에 차이는 인국(隣國)의 음성
―물론 낭랑한 일본 말들이다
이것을 요즘은 안 듣는다
시시한 라디오 소리라 더 시시한 것이
여기서는 판을 치니까 그렇게 됐는지 모른다
더 시시한 우리네 방송으로 만족하는 것이다

지금같이 HiFi가 나오지 않았을 때
비참한 일들이 라디오 소리보다도 더 발광을 쳤을 때
그때는 인국 방송이 들리지 않아서
그들의 달콤한 억양이 금덩어리 같았다
그 금덩어리 같던 소리를 지금은 안 듣는다

참 이상하다

이 이상한 일을 놓고 나는 저녁상을
물리고 나서 한참이나 생각해 본다
지금은 너무나 또렷한 입체음을 통해서
들어오는 이북 방송이 불온 방송이
아니 되는 날이 오면
그때는 지금 일본 말 방송을 안 듣듯이
나도 모르는 사이에 아무 미련도 없이
회한도 없이 안 듣게 되는 날이 올 것이다……

그러나 이렇게 써도 내가 반공산주의자가
아니 되기 위해서는 그날까지 이 엉성한
조악한 방송들이 어떻게 돼야 하고
어떻게 될 것이다
먼저 어떻게 돼야 하고 어떻게 될 것이다
이런 극도의 낙천주의를 저녁 밥상을
물리고 나서 해 본다
─아아 배가 부르다
배가 부른 탓이다

＊　작후감(作後感) ─ '죽음'으로 매듭을 지으면서.─(원주)

먼지

네 머리는 네 팔은 네 현재는
먼지에 싸여 있다 구름에 싸여 있고
그늘에 싸여 있고 산에 싸여 있고
구멍에 싸여 있고

돌에 쇠에 구리에 넝마에 삭아
삭은 그늘에 또 삭아 부스러져
거미줄이 쳐지고 망각이 들어앉고
들어앉다 튀어나오고

불이 튕기고 별이 튕기고 영원의
행동이 튕기고 자고 깨고
죽고 하지만 모두가 갱(坑) 안에서
참호 안에서 일어나는 일

사람의 얼굴도 무섭지 않고
그의 목소리도 방해가 안 되고
어제의 행동과 내일의 복수가 상쇄되고
참호의 입구의 ㄱ자가 문제되고

내일의 행동이 먼지를 쓰고 있다

위태로운 일이라고 낙반(落磐)의 신호를
올릴 수도 없고 찻잔에 부딪치는
찻숟가락만 한 쇳소리도 안 들리고

타면(墮眠)의 축적으로 우리 몸은 자라고
그래도 행동이 마지막 의미를 갖고
네가 씹는 음식에 내가 증오하지 않음이
내가 겨우 살아 있는 표시라

하나의 행동이 열의 행동을 부르고
미리 막을 줄 알고 미리 막아져 있고
미리 칠 줄 알고 미리 쳐들어가 있고
조우(遭遇)의 마지막 윤리를 넘어서

어제와 오늘이 하늘과 땅처럼
달라지고 침묵과 발악이 오늘과
내일처럼 달라지고 달라지지 않는
이 갱 안의 잉크 수건의 칼자국

증오가 가고 이슬이 번쩍이고
음악이 오고 변화의 시작이 오고

변화의 끝이 가고 땅 위를 걷고 있는
발자국 소리가 가슴을 펴고 웃고

희화(戲畵)의 계시가 돈이 되고
돈이 되고 사랑이 되고 갱의 단층의 길이가
얇아지고 돈이 돈이 되고 돈이
길어지고 짧아지고

돈의 꿈이 길어지고 짧아지고 타락의
길이도 표준이 없어지고 먼지가 다시 생기고
갱이 생기고 그늘이 생기고 돌이 쇠가
구리가 먼지가 생기고

죽은 행동이 계속된다 너와 내가 계속되고
전화가 울리고 놀라고 놀래고
끝이 없어지고 끝이 생기고 겨우
망각을 실현한 나를 발견한다

미인
— Y여사에게

미인을 보고 좋다고들 하지만
미인은 자기 얼굴이 싫을 거야
그렇지 않고야 미인일까

미인이면 미인일수록 그럴 것이니
미인과 앉은 방에선 무심코
따 놓는 방문이나 창문이
담배 연기만 내보내려는 것은
아니렸다

성(性)

그것하고 하고 와서 첫 번째로 여편네와
하던 날은 바로 그 이튿날 밤은
아니 바로 그 첫날 밤은 반 시간도 넘어 했는데도
여편네가 만족하지 않는다
그년하고 하듯이 혓바닥이 떨어져 나가게
물어제끼지는 않았지만 그래도
어지간히 다부지게 해 줬는데도
여편네가 만족하지 않는다

이게 아무래도 내가 저의 섹스를 개관하고
있는 것을 아는 모양이다
똑똑히는 몰라도 어렴풋이 느껴지는
모양이다

나는 섬찟해서 그전의 둔감한 내 자신으로
다시 돌아간다
연민의 순간이다 황홀의 순간이 아니라
속아 사는 연민의 순간이다

나는 이것이 쏟고 난 뒤에도 보통 때보다
완연히 한참 더 오래 끌다가 쏟았다

한번 더 고비를 넘을 수도 있었는데 그만큼
지독하게 속이면 내가 곧 속고 만다

원효대사
— 텔레비전을 보면서

성속(聖俗)이 같다는 원효대사가
텔레비전에 텔레비전에 들어오고 말았다
배우 이름은 모르지만 대사는
대사보다도 배우에 가까웠다

그 배우는 식모까지도 싫어하고
신이 나서 보는 것은 나 하나뿐이고
원효대사가 나오는 날이면
익살맞은 어린놈은 활극이 되나 하고

조바심을 하고 식모 아가씨나 가게
아가씨는 연애가 되나 하고
애타하고 원효의 염불 소리까지도
잊고—죄를 짓고 싶다

돌부리를 차듯 서투른 원효로
분장한 놈이 돌부리를 차고 풀을
뽑듯 죄를 짓고 싶어 죄를
짓고 얼굴을 붉히고

죄를 짓고 얼굴을 붉히고—

성속이 같다는 원효대사가
텔레비전에 나온 것을 뉘우치지 않고
춘원(春園) 대신의 원작자가 된다

우주 시대의 마이크로웨이브에 탄
원효대사의 민활성 바늘 끝에
묻은 죄와 먼지 그리고 모방
술에 취해서 쓰는 시여

텔레비전 속의 텔레비전에 취한
아아 원효여 이제 그대는 낡지
않았다 타동적으로 자동적으로
낡지 않았고

원효 대신 원효 대신 마이크로가
간다 「제니의 꿈」*의 허깨비가
간다 연기가 가고 연기가 나타나고
마술의 원효가 이리 번쩍

저리 번쩍 제니와 대사(大師)가
왔다 갔다 앞뒤로 좌우로

왔다 갔다 웃고 울고 왔다 갔다
파우스트처럼 모든 상징이

상징이 된다 성속이 같다는 원효
대사가 이런 기계의 영광을 누릴
줄이야 제니의 덕택을 입을
줄이야 제니를 제니를 사랑할 줄이야

긴 것을 긴 것을 사랑할 줄이야
긴 것 중에 숨어 있는 것을 사랑할 줄이야
저절로 이루어지는 것이 긴 것 가운데
있을 줄이야

그것을 찾아보지 않을 줄이야 찾아보지
않아도 있을 줄이야 긴 것 중에는
있을 줄이야 어련히 어련히 있을
줄이야 나도 모르게 있을 줄이야

* 「제니의 꿈(I Dream of Jennie)」, 1965~1970년까지 방영되었던 TV시리즈로서 영화로도 만들어
졌다. 우주비행사가 남태평양 무인도에서 호리병을 발견하는데 그 호리병을 문지르면 아름다운
페르시아 요술 처녀 제니가 나와서 여러 가지 우스꽝스런 사건이 벌어진다는 설정이다.

의자가 많아서 걸린다

의자가 많아서 걸린다 테이블도 많으면
걸린다 테이블 밑에 가로질러 놓은
엮음대가 걸리고 테이블 위에 놓은
미제 자기(磁器) 스탠드가 울린다

마루에 가도 마찬가지다 피아노 옆에 놓은
찬장이 울린다 유리문이 울리고 그 속에
넣어둔 노리다케 반상 세트와 글라스가
울린다 이따금씩 강 건너의 대포 소리가

날 때도 울리지만 싱겁게 걸어갈 때
울리고 돌아서 걸어갈 때 울리고
의자와 의자 사이로 비집고 갈 때
울리고 코 풀 수건을 찾으러 갈 때

삼팔선을 돌아오듯 테이블을 돌아갈 때
걸리고 울리고 일어나도 걸리고
앉아도 걸리고 항상 일어서야 하고 항상
앉아야 한다 피로하지 않으면

울린다 시를 쓰다 말고 코를 풀다 말고

테이블 밑에 신경이 가고 탱크가 지나가는
연도(沿道)의 음악을 들어야 한다 피로하지
않으면 울린다 가만히 있어도 울린다

미제 도자기 스탠드가 울린다
방정맞게 울리고 돌아오라 울리고
돌아가라 울리고 닿는다고 울리고
안 닿는다고 울리고

먼지를 꺼내는데도 책을 꺼내는 게 아니라
먼지를 꺼내는데도 유리문을 열고
육중한 유리문이 열릴 때마다 울리고
울려지고 돌고 돌려지고

닿고 닿아지고 걸리고 걸려지고
모서리뿐인 형식뿐인 격식뿐인
관청을 우리 집은 닮아 가고 있다
철조망을 우리 집은 닮아 가고 있다

바닥이 없는 집이 되고 있다 소리만
남은 집이 되고 있다 모서리만 남은

돌음길만 남은 난삽한 집으로
기꺼이 기꺼이 변해 가고 있다

풀

풀이 눕는다
비를 몰아오는 동풍에 나부껴
풀은 눕고
드디어 울었다
날이 흐려서 더 울다가
다시 누웠다

풀이 눕는다
바람보다도 더 빨리 눕는다
바람보다도 더 빨리 울고
바람보다 먼저 일어난다

날이 흐리고 풀이 눕는다
발목까지
발밑까지 눕는다
바람보다 늦게 누워도
바람보다 먼저 일어나고
바람보다 늦게 울어도
바람보다 먼저 웃는다
날이 흐리고 풀뿌리가 눕는다

미완성 초고

무제

누가 평화를 원하지 않는 자 있으랴마는
오늘도 나 거리에서 끝없이 싸운다.

거리는 나의 화원(花園)이다
반공,
닭털 파는 소녀, 장타령, 연필…… 속에서
나는 세포를 조직하는
붉은 용사가 아니다.

나는 여러 가지의 참인(慘忍)한 풍경을 보고 왔노라
그것은 산지옥이기도 하니라.
머리에 못을 박은 중공 포로

나는 아무도 보지 못한
비밀을 보고 왔노라.

아예 조용한 곳이 ─
그렇게 끔찍끔찍하게
좋아하던 조용한 환경이 나에게 필요 없노라.

이 시끄러운 네거리에서
내 풀떨기 되어
어디로 날아가든지
떠내려가도 무관하겠노라.

나의 혼은 길이
네거리에 남아

나의 신념을 지키리라.

———

애(哀)와 낙(樂)*

—현대여성

1
너와 나 사이에 흐르는 역사를 그냥 두어라
너와 나만의 사이에 흐르는 물이라고 해서
그리 좁은 것은 아니지만
다소나마 부끄러운 마음이 드는 것은 어인 일이냐
너와 내가 죽어야만 흘러갈 것 같은 물이 우리 둘 사이에서 저렇게
흘러가는 것이 너무나 끔찍끔찍하게
신기한 것인데
너도 말 없고 나도 말없이 서로 마주 바라보며 서 있는 것이
어찌 서러운 일이 아니겠느냐
우리의 그림자가 물속에 비치는 것을
너도 나처럼 무서워하지 않을 것이기에
너와 나만의 사이에 흐르는 물은 그냥 두어라

2
너와 나 사이에 흐르는 사랑
가는 데까지 가는 데까지
그냥 두어라
우리는 내일의 역사를 기다리면서

* 처음에 제목을 '사랑의 일식'이라고 썼다가 지우고 '애와 낙'으로 고쳤다.

지나치게 지나치게 즐겁게 살자
'내일의 역사'가 무엇이냐고 물어보지 않을 줄 아는 너의 지혜와
너의 지혜를 초조(焦燥)하는 나의 모습
너무나 뚜렷한 나의 모습을 위하여
일분(一分)이 있고 이분(二分)이 있고
사랑은 순간으로 화하고 만다
이것을 사랑의 일식(日蝕)이라고 부르자

———

무제

어머니! 나에게 아무 말도 하지
마세요 나를 그냥 내버려 두세요

나의 목숨은 저 풀 끝에 붙은 이슬
방울보다도 더 가벼운 것입니다

나에게 제발 생명의 위협이 되는
말을 하지 마세요
어머니의 말을 듣지 않아도
나는 돈을 벌어야 할 줄 알고
나의 살림이 어머니와는
떨어져서 독립을 해야겠다는 것도
알고

나의 길을 씩씩하게 세워야겠다고
결심하고 있는 나에게

더 이상 괴로움을 주지 마세요

어머니가 무엇이라 나에게
괴로운 말씀을 하여도 아예 바보같이
화내지 않기로 마음먹은 나에게
제발 모른 척하고 있어 주세요

내가 지금 살고 있는 이 상태를
비참하다고도 보지 마시고
걱정도 하지 마시고 간섭도 하지
마시고 그냥 두세요
애정이라 해도 그것이 괴로운 나는
지금 내가 얼마큼 타락하였는지
그 깊이를 나도 모를 만큼
한정 없이 가라앉아 버렸습니다

정말 내 이름을 부르지 마시고
나를 찾지 마세요

모―든 작의(作意)와 의지가 수포로 돌아가는 속에 나는 삽니다
나의 허탈하고 황막한 생활에도 한 떨기 꽃이 있다면
어머니
나에게도 정말 꽃이 있습니까

손을 대어서는 아니 되는 꽃
결코 아무나 손을 대어서는 아니 되는
이 꽃
확실한 현실이여

내가 대결하고 있는 것은 나의 그림자

인생의 해탈을 하지 못하고도
맑게만 살려는 데에 나의 오해와
비극과 희극과
타락 이상의 질식이 있습니다

꽃 아닌 꽃이여
잔혹한 진행이여
벌써 나의 고장이 없어진 지 오래인
내가 다시 내 고장을 찾아야 할 때
나의 이성(理性)은 나의 피부와도 같은 것입니다
이름을 버리고 몸을 떠난 지
오래인 나의 흔적을 다시는 찾지 마세요

이즈러진 진리여
어머니시여

———

탁구

삶이 끝이 나는 곳에서 사는 나는
아무 즐거움을 느끼지 못하는 일에 습관이 된 나머지
이러한 짓을 하고 있는가
탁구를 친다

생활이랑 모두 내가 용춤을 추고 있는 마루 바닥 밑으로나 가려무나
나의 사상은 이 소잡한 탁구공 알보다도
더 가벼웁고 거룩하고

이길 수 없는 것
너는 나를 이기려 하고
나는 너를 정복하여야 한다

너가 나의 배트의 전투 지구 밖으로
달아날 때
나는 너의 무게를 생각하고
천장을 치어다본다
차라리 무슨 까만 오점이라도 박혀 있었으면 하고
영원과 조화에의 반역
저 하늘 아래 있는 지붕으로
내가 나도 모르게 던지는
비극
탁구 알
왔다가 가고 갔다가 다시 오는 무수한 피비린 냄새의 되풀이
나는 자꾸 나를 죽이면 되는 것이지만
그래도 생각하여야 할 것이 있어
푸른 네트 우에
너가 너의 전신을 파산하는 소리

구원을 받은 탁구 알
휴식
다시는 인간으로 돌아가기 싫어하는 나의 휴식을
거부하는 것은 너뿐이다

너의 흰 그림자를 살펴보는 것을 싫어하면서
미끄러운 시간이 주는 따뜻한 위안을 싫어하는 사람과 더불어
마지막으로 찾아온
너의 희다 못해 푸른 색채 우에
드디어는 남겨야 할

오늘 밤의 사랑

—甲午年 師走*—

———

대음악

세계의 도시와 방방곡곡에서 흘러나오는 음악을 전부 합하여
황혼의 가슴에
담는다 하더라도
아직도 넘쳐흐르는 차디찬
돌부리만 한 설움이 있다

세상의 괴로움과 빈곤과 초조와
그리고 웅장한 비극과 낮은 신음과 그러한 말 속에 이루 담기에 벅찬 거치른
흐름이 너의 위를
물결로 흐르는 것이 아니라
줄로 쓰는 듯이 아프고
모질고 쓰라리게 밤과 낮을 전복시키는 듯이
흘러간다 하더라도
어엿이 빛을 발하고 있는
눈에 익은 돌부리

아무렇게나 생겼으며 모양도 멋도 넋도 없는 듯
마지막에게는, 우주가 품어 주고 원시에서부터 전수하여 온 너만의 불가시하고

* 師走는 일본어로 '시아즈'라고 읽으며, 12월을 가리킨다. 1954년 12월.

397

불가지한 생명마저 내어던지고 있는 듯
　못생긴 돌은
　사람들에게 감상과 효용의 이익으로 봉사할 수도 없도록 저렇게 비참하게 되
어서
　어느 어미 바위에서 떨어져 나온 것인지도 모르고
　돌 중에도 가장 값이 천한 차돌이나 푸석돌 틈에도 못 들고
　저렇게 외따로 굴러져서
　그래도 그것이 좋은가 보다
　어디에서도 볼 수 있고 어디를 가 보아도 눈에 뜨이지 않는
　돌부리

　이러한 돌부리는 설운 사람의 눈의 티끌같이
　그래서 그것이 누구의 설움에도 통하는 것처럼
　바람에 나부끼는 지치고 나이 먹은 가슴을 한층 더 뒤숭숭하게 할 뿐이다

　마치 진한 불길처럼 온 세계의 도시와 방방곡곡에서의 음악이
　가슴속의 설움의 불길과 합치어 사람의
　넋이라는 넋 흥이라는 흥을 다 소지같이 태워 버린 후에도
　돌부리여
　너는 시인의 긍지와 같이 앉아 있어라

———

　무제
　〔나는 내가 흘린 피자국 위에 살고 있는〕

　모―든 것을 다 벗어 버리고 살면서도
　마지막으로 내가 벗지 못하는 것은 나의 피다

이것보다도 더 따뜻하고
부드러운 비단인들 어디 있겠느냐 꽃인들 꽃잎인들 안개인들

나는 그러나 나의 피보다도 더 부드러운 나의 고장에서
넋 없이 살고 있는
탓으로 나의 피를
알지 못하고

나의 피를 모르는 나를
서러워하지 않고 있는 것이다

*

하늘이 너무 푸른 곳에서는
누가 던지는지 알 수 없는 공이라도 솟았으면
백 날이 가고 또 이백 날이 가도

*

닫아 두었던 시첩을 열고 생각나지 않았던 말을 고치듯이
오늘은 그러한 사람과 만나고 싶다

참된 비참은 자기도 모르게 지나가는 것이다
내가 나의 피를 다하여 고친 글씨와 같이
보기 싫은 글이라고
다시 보지 않았던들
노인의 손톱같이 굳어만 갔을 것
영원의 오류 속에
내가 다시 발견한 나의 피처럼
너의 얼굴을 보고 싶다

399

나는 나를 억만 볼트의 로켓포간이 타고 일어서서
사방을 돌아본다
무엇을 내가 보았으리라고 믿느냐

싸늘한 구름이여
그곳은 내가 만나고 싶어 하는 사랑의 얼굴은 아니었다

―――

승야도(乘夜圖)

어둠을 일주하고 돌아왔다
나는 죽음을 걸고 청춘을 지켜야 한다
어둠을 일주하고 돌아왔다는 것은
어둠이 끝이 났다는 의미는 아니다
속된 마음이란 남과 나의
관계를 생각하기에 타락하여 버린 마음이다
죽음을 일주하고 돌아왔다는 말을 차마 쓰지 못하고
어둠을 일주하고 돌아온 것으로
영원히 내가 오인을 받더라도
나는 가만히 이대로 있어야 할 것이다

나의 가슴에 청춘이 있으면
청춘과 죽음이 입을 맞추고 있으면 고만이다―

"여보게 나도 한몫 끼우세. 첼로를 옆의 악기점에서 빌려 가지고 왔으니
밤이 늦었더라도 나와 같이 삼중주를 하여 보세. 어서어서 열어 주게" 하고

영원이라는 놈이
문을 두드리면서 야단법석이다
"당신은 여기에 들어올
자격이 없어요. 당신은 바른쪽 어깨가 성하니까
문을 두드릴 힘이 있겠지만 우리는 둘이 다
왼쪽 발과 궁둥이가 없으니 당신에게 문을 열어 주러
나갈 수가 없어요?" 하고 청춘 여사는
한층 더 힘있게 죽음을 껴안는다
"조금만 기다려 보게
비행기가 날아와서
자네의 어깨를 떼어 갈 걸세
적어도 평명까지는
그렇게 될 것이야 그때가 되면
어떻게 해서든지 문을 열어 주지"
하는 죽음의 말에
"평명이 무엇인가?" 하고
영원이 물어보니
"평명이란 평할 평자에 밝을 명자이지
그리고 그 뜻은……"
평명에 대한 해석은 죽음이 한
대답이 아니라 하늘이
돌멩이 던지듯이 가볍게 던져 준 말이었으며
그 뜻은 바늘이라는 것이라나

은배를 닦듯이

은배(銀盃)를 닦듯이 인생을 닦지 말어라
너는 무조건하고 너를 즐겨야 한다
너는 무조건하고 사람을 사랑해야 한다
이미 도달하여야 할 먼 곳까지 왔을 때도 너는 실망하여서는 아니 된다
은배를 닦듯이 하늘의 주변을 닦어서는 아니 된다
마지막 힘을 다하여 억지로 살아가는 사람들을 숭배하여라
너도 그러한 사람 중의 한 사람이기 때문이며
모든 사람이 그러한 사람의 일원이기 때문이다
실망한 시인들이여
처참한 인간들이여

무제

—이를테면 소라라고 합시다
소라 속에 그리어진 나선(螺線)이 어떻게 부드러운 것인지 아시지요

기차를 타고 내가 서울로 기어 들어왔다고 합시다
기차가 그리고 내가 도회 서울의 한복판으로 걸어 들어왔다고 합시다

희고 부드러운 소라의 속으로 한 마리 개미가 기어 들어간다고 합시다

—이를테면 이 자유를 잊어버린 도회가 소라 속 같다고 합시다

소라의 밑바닥까지 기어 들어간 개미는 자기의 걸어온 길을 모릅니다

그러나 비좁은 도회 안에 들어온 시인은 자기의 송곳 같은 자리를 알고 있습니다

무제

파리여

너는 어째서 더러운 곳만 골라서 앉느냐

너는 어째서 더러운 곳을 딛던 발을 들고

아무 인사의 말 한 마디도 없이

깨끗한 곳을 또 침범하느냐

무례한 놈

그러나 나의 동포여

넓은 천지를 가는 곳마다 쫓겨 다니는 시인의 운명같이

처참하고 불쌍한 놈

바람

면사의 카아텐을 흔드는

산들바람이여

늬가 말하고 싶은 것이

무엇이냐
겨울의 흔적이 남아 있는 마당인가
여름 마당의 화단은
왼편으로 왼편으로
바람을 보내고
감자밭 위에 언덕 위의 나무와 그늘은 고요한 마음을 받아 주지 않는다
바람은 왼편으로 왼편으로 불고 있구나
강에서 하늘에서
여름을 자르고 불어오는 바람은
서쪽으로 향한 창의 하얀 면사의 카아텐을
흔들면서 지나간다
죄여 바람이여
연쇄(連鎖)여
흑작질*만 하고 싶은
마음의 창이여
완고한 마음이여
흔들려라
나의 시대여
술쯤 마셔 가지고야
메카니즘과는 도저히
맞서지 못한다
지거라 바람처럼
면사의 카아텐은 지옥의 뒷골목 ―
귀결은 천국이고 지옥이고
펄럭거리는 데 있다
지거라 지거라
바람아 지거라

* 흑책질. 교활한 수단을 써서 남의 일을 방해하는 짓.

―――

무제

시는 나쁜 시만이 가슴에
남는다
그것도 아무도 꺾지 않는
꽃이다

―――

무제

손톱 위에 태양을 그려 보아라
학자도 정치가도 무엇이든 될 수 있다
영혼은 의자에서 내려앉아서 생각할 것이고
시는 병이 나기 전에는
쓰지 말아라
화단을 보며는
잠이야 오겠지

시는 나쁜 시만이 가슴에
남는다
손톱 위에 태양을 그려 보아라
좋은 시와 나쁜 시의
분간이 될 터이니
반항하는 마음을 배우게 될 터이니

405

바람이 부는 데서 잠을 자거라
호화로운 꿈이라도 꾸기 위해서는

———

무제

소년아
메뚜기에게 이슬을 마시게 하라
아침이 설움에 휘감겨 있지 않으냐
안해*여
(너의 주소를 알려라)
이슬을 마신 메뚜기가 배불러하지 않듯이
너의 배 속에 태아가 있느냐
고운 아침
물들은 아침이여

고운 아침
물들은 아침이여
메뚜기에게 이슬을 마시게 하라
이슬이 우주에 홀가분하게 차 있지 않으냐

설움이 우주에 차 있지 않으냐

소년아 어서어서 일어나서
메뚜기에게 이슬을 마시게 하라

* '아내'의 옛말.

새벽 새가 울음을 그치기 전에
동네 병아리들이 모이를 다 먹기 전에
하늘이 내리는 이슬을 마시게 하라

소년아 어서어서
간밤에 잡아 둔 메뚜기를 내어 주라
초목이 흘리는 아침의 땀이

———

무제

모든 진리는 평범하다
요는 죽음을 가슴에 삭이고라도
아름다움을 보아야 한다
항상 외국에 온 사람 모양으로 내 나라에 살고
외국어를 하듯이 내 나라 말을 하고
여자들을 모두 외국 사람이라고 생각하고
두려움 사이에서도 자유를 잊지 말고
슬픔 속에서도 환희를 잊지 말고
거리는 언제나 나에게 종점을 가리킨다

가슴속에 깊은 자유가 파묻혀 있기 때문인지도 모른다
정밀(靜謐)의 용기가 필요하다
앵무새의 발언 같은 허위를 태워 버려
발코니 위에 나서면 밤이 슬프지 않느냐
정통의 지도의
나의 왼 어깨에는 비엔나 바른 어깨에는

미국의 뉴―욕이 걸려 있다
재주라도 넘을 듯한 아슬아슬한 마음을 참으면서
무한한 인종(忍從)의 얼굴들을 생각하여 보라
수많은 수인(囚人)이 해방된 아침같이
밤하늘에 떠도는 보랏빛 안개
거리여 기립(起立)이여 설운 기립이여
나는 완전히 너를 결별한 사람

작품 연보

김수영 시 발표 연보는 아직 완전하지 못하다. 이 연보는 초판 전집을 편집한 김수명 선생이 작성한 것을 토대로 엮은이가 다시 수정한 것이다. 『김수영 육필시고 전집』에 수록하였던 것을 다시 몇 군데 수정했다. 게재지를 "신문 발표"와 "잡지 발표"로 표시한 것은 스크랩은 남아 있으나 게재지를 찾아내지 못한 경우이며 탈고일을 연도만 표기한 것은 추정한 것이다.

제목	탈고일	게재지
묘정(廟庭)의 노래	1945	《예술부락》 제2집(1946. 3. 1.)
공자의 생활난	1945	《새로운 도시와 시민들의 합창》(1949. 4.)
가까이 할 수 없는 서적	1947	《민성》(1949. 11.)
아메리카 타임지(誌)	1947	《자유신문》(1948. 12. 25.) 《새로운 도시와 시민들의 합창》(1949. 4) 재수록
이(虱)	1947	《민성》(1949. 2.)
웃음	1948	《신천지》(1950. 1.)
토끼	1950	《신경향》(1950. 6.)
아버지의 사진	1949	
아침의 유혹	1949	《자유신문》(1949. 4. 1.)
음악	1950	《민주경찰》 21호(1950. 2.)
달나라의 장난	1953	《자유세계》(1953. 4.)
조국에 돌아오신 상병포로 동지들에게	1953. 5. 5.	미발표
긍지의 날	1953. 9.	《문예》(1953. 9.), 시선집 『1953 연간시집』(1954. 9. 5.) 수록, 시선집 『평화에의 증언』(1957. 12. 15.) 수록.
그것을 위하여는	1953	《연합신문》(1953. 10. 3.)
애정지둔(愛情遲鈍)	1953	
풍뎅이	1953	
너를 잃고	1953	

제목	탈고일	게재지
미숙한 도적	1953	
부탁	1953	시선집『1953 연간시집』(1954. 9. 5.)
시골선물	1954. 1. 1.	신문에 발표. 게재지 미상.
방 안에서 익어 가는 설움	1954. 8. 10.	
구라중화(九羅重花)	1954. 9. 3.	《동아일보》(1955. 1. 7.)
휴식	1954. 10. 1.	《동아일보》(1954. 10. 17.)
거미	1954. 10. 5.	
PLASTER	1954	《평화신문》(1954. 8. 2.)
여름 뜰	1954	《현대공론》(1954. 8.)
구슬픈 육체	1954	《신태양》(1954. 11.)
사무실	1954	신문에 발표. 게재지 미상
겨울의 사랑	1954	미발표
도취의 피안	1954	《청춘》(1955. 신년호) 시선집『평화에의 증언』(1957. 12. 15.)
더러운 향로		《시작》4집(1955. 5. 20.)
네이팜 탄	1954. 12. 17.	《신태양》34호(1955. 6. 1.)
거리 1	1955. 3. 10.	《현대문학》1955년 7월호에는'일'이란 제목으로 발표,『전시 한국문학선』(1955. 6. 25.)에「거리」로 수록.
나비의 무덤	1955	《동아일보》(1955. 6. 24.)
나의 가족	1954	『전시 한국문학선』(1955. 6. 25.)《시와 비평》2집 (1956. 8. 5.)
국립도서관	1955. 8. 17.	
거리 2	1955. 9. 3.	《사상계》1955년 9월호에「거리」로 게재.
영롱한 목표	1955. 12. 3.	《자유신문》(1956. 1. 1.) 시선집『평화에의 증언』(1957. 12. 15.)
너는 언제부터 세상과 배를 대고 서기 시작했느냐	1955	잡지에 발표. 게재지 미상

제 목	탈고일	게재지
연기	1955	
영사판	1955	잡지에 발표. 게재지 미상
헬리콥터	1955	《신세계》 3호 (1956. 4. 10.)
서책	1955	《중앙일보》(1956. 5. 21.)
병풍	1956. 2	《현대문학》(1956. 2.)
바뀌어진 지평선	1956. 3. 27.	《지성》(1958. 6.)
폭포	1956	《조선일보》(1956. 5. 29.)
수난로	1955	《문학예술》(1956. 7.)
꽃2	1956. 7.	《문학예술》(1956. 7.)
지구의	1956	《문학예술》(1956. 7.)
조그마한 세상의 지혜	1956	《시와 비평》(1956. 8.)
여름 아침	1956	《동아일보》(1956. 8. 23.)
하루살이	1956. 1.	《신태양》(1956. 10.)
자	1956	《문학예술》(1956. 11.)
기자의 정열	1956	
구름의 파수병	1956	
백의	1956. 3.	
예지	1956	《현대문학》(1957. 1.)
눈	1957	《문학예술》(1957. 4.)
서시	1957	《사상계》(1957. 8.)
영교일(靈交日)	1957	《자유문학》(1957. 10, 11월 합병호)
광야	1957. 12.	《현대문학》(1957. 12.), 《조선일보》(1958. 9. 30.)
봄밤	1957	《현대문학》(1957. 12.), 《조선일보》(1958. 3. 17.) 재수록
채소밭 가에서	1957	《현대문학》(1957. 12.)
초봄의 뜰 안에	1958	《자유세계》(1958. 5.)
비	1958	《현대문학》(1958. 6.)

제 목	탈고일	게재지
반주곡	1958. 6. 3.	《사상계》(1958. 8.)
말복	1958	《세계일보》(1958. 8. 11.)
사치	1958	《사조》 6호(1958. 11.)
밤	1958	《동아일보》(1958. 11. 26.)
말	1958	신문 발표. 게재지 미상.
동맥(冬麥)	1958	《사상계》(1959. 2.)
자장가	1958	《현대문학》(1959. 3.)
모리배	1958	《신태양》(1959. 5.)
생활	1959. 4. 30.	
달밤	1959. 5. 22.	《현대문학》(1959. 8.)
사령(死靈)	1959	《신문예》(1959년 8, 9월 합병호)
가옥 찬가	1959	《자유문학》(1959. 10.)
싸리꽃 핀 벌판	1959. 9. 1.	신문 발표. 게재지 미상
동야	1960	《현대문학》(1960. 3.)
미스터 리에게	1959	《한국시단》 1집(1960. 4. 25.)
사랑	1960. 1. 31.	《동아일보》(1960. 1. 31.), 잡지에도 발표
꽃	1960	《동아일보》(1960. 2. 14.)
파리와 더불어	1960. 2.	《사상계》(1960. 3.)
파밭 가에서	1960	《자유문학》(1960. 5.)
하……그림자가 없다	1960. 4. 3.	《새벽》(1960. 6.)
우선 그놈의 사진을 떼어서 밑씻개로 하자	1960. 4. 26.	《새벽》(1960. 5. 15.) 6월호
기도	1960. 5. 18.	
육법전서와 혁명	1960. 5. 25.	《자유문학》(1961. 1.)
푸른 하늘을	1960. 6. 15.	《동아일보》(1960. 7. 7.)
만시지탄은 있지만	1960. 7. 3.	《현대문학》(1961. 1.)
나는 아리조나 카보이야	1960. 7. 15.	
거미잡이	1960. 7. 28.	《현대문학》(1960. 9.)

제목	탈고일	게재지
가다오 나가다오	1960. 8. 4.	《현대문학》(1961. 1.)
중용에 대하여	1960. 9. 9.	《현대문학》(1961. 1.)
허튼소리	1960. 9. 25.	신문 발표. 게재지 미상
"김일성만세(金日成萬歲)"	1960. 10. 6.	미발표
피곤한 하루의	1960. 10. 29.	
나머지 시간		
그 방을 생각하며	1960. 10. 30.	《사상계》(1961. 1.) 탈고일 표시
나가타 겐지로	1960. 12. 9.	《민국일보》(1961. 2. 27.)《연세문학》2호에 게재하면서 1960년 12월 9일로 탈고일 표시
눈	1961. 1. 3.	
쌀난리	1961. 1. 28.	《민족일보》창간호(1961. 2. 13.)
연꽃	1961. 3.	미발표
황혼	1961. 3. 23.	《민족일보》(1961. 3. 30.) 원제는 「숫자」.
'4·19'시	1961. 4.	《민족일보》(1961. 4. 19.)
여편네의 방에 와서 —신귀거래 1	1961. 6. 3.	《현대문학》(1961. 12.), 「新歸去來五篇」 중 1로 발표
격문—신귀거래 2	1961. 6. 12.	《사상계》(1967. 2.) 발표 시 '舊稿中에서'라고 표시
술과 어린 고양이 —신귀거래 4	1961. 6. 23.	《현대문학》(1961. 12.), 「新歸去來五篇」 중 2로 발표
등나무—신귀거래 3	1961. 6. 27.	《현대문학(1961. 12.), 「新歸去來五篇」 중 3으로 발표
모르지?—신귀거래 5	1961. 7. 13.	《현대문학》(1961. 12.), 「新歸去來五篇」 중 4로 발표
복중(伏中)—신귀거래 6	1961. 7. 22.	《현대문학》(1961. 12), 「新歸去來五篇」 중 5로 발표
누이야 장하고나!	1961. 8. 5.	《사상계》(1962. 1.), 「新歸去來 6」으로

제목	탈고일	게재지
—신귀거래 7		발표
누이의 방—신귀거래 8	1961. 8. 17.	《사상계》(1962. 1.),「新歸去來 7」로 발표
이놈이 무엇이지?	1961. 8. 25.	《사상계》(1962. 1.),「新歸去來 8」로 발표
—신귀거래 9		
먼 곳에서부터	1961. 9. 30.	신문에 발표. 마침표 제거 수정 표시
아픈 몸이	1961	
시	1961	
여수	1961. 11. 10.	《현대문학》(1962. 7.)
전향기(轉向記)	1962	《자유문학》(1962. 5.)
백지에서부터	1962. 3. 18.	《동아일보》(1962. 4. 23.)
적	1962. 5. 5.	《신사조》(1962. 7.)
마케팅	1962. 5. 30.	신문 발표.('금주의 시단') 게재지 미상
절망	1962. 7. 23.	
파자마 바람으로	1962. 8.	《한양》(1962. 10.)
만주의 여자	1962. 8. 하순	《사상계》문예 증간호(1962. 11.)
장시 1	1962. 9. 26.	《자유문학》(1963. 2.), 신문에도 발표
장시 2	1962. 10. 3.	《자유문학》(1963. 2.)
만용에게	1962. 10. 25.	《자유문학》(1963. 2.)「장시」중의 3으로 발표
피아노	1963. 3. 1.	《현대문학》(1963. 4.)
깨꽃	1963. 4. 6.	신문에 발표.('초가을의 시') 게재지 미상
너…… 세찬 에네르기		《한국일보》1963. 6. 1.
후란넬 저고리	1963. 4. 29.	《세대》(1963. 7.)
여자	1963. 6. 2.	《사상계》문예 증간호(1963. 12.)
돈	1963. 7. 1.	《지성계》1호(1964. 8.)
반달	1963. 9. 10.	《현대문학》(1964. 4.)
죄와 벌	1963. 10.	《현대문학》(1963. 10.)
우리들의 웃음	1963. 10. 11.	《문학춘추》창간호(1964. 4.)

제목	탈고일	게재지
참음은	1963. 12. 21.	《현대문학》(1964. 4.)
거대한 뿌리	1964. 2. 3.	《사상계》(1964. 5.)
시	1964	
거위 소리	1964. 3.	《현대문학》(1964. 8.)
강가에서	1964. 6. 7.	《현대문학》(1964. 8.)
X에서 Y로	1964. 8. 16.	《사상계》(1965. 3.)
이사	1964. 9. 10.	《신동아》(1964. 12.)
말	1964. 11. 16.	《문학춘추》(1965. 2.)
현대식 교량	1964. 11. 22.	《현대문학》(1965. 7.)
65년의 새 해	1964	《조선일보》(1965. 1. 1). 「너는 여전히 奇蹟일 것이다-새 아침에」라는 제목으로 발표
제임스 띵	1965. 1. 14.	《문학춘추》(1965. 4.)
미역국	1965. 6. 2.	잡지 발표. 게재지 미상
적 1	1965. 8. 5.	《한국문학》(1966. 봄). 「적」으로 발표
적 2	1965. 8. 6.	《한국문학》(1966. 봄). 「적」으로 발표
절망	1965. 8. 28.	《한국문학》(1966. 봄)
잔인의 초	1965. 10. 9.	《한양》(1965. 10.)
어느 날 고궁을 나오면서	1965. 11. 4.	《문학춘추》(1965)
이 한국문학사	1965. 12. 6.	《한국문학》(1966. 6. 여름)
H	1966. 1. 3.	《한국문학》(1966. 6. 여름)
이혼 취소	1966. 1. 29.	《창작과 비평》(1969. 여름)
눈	1966. 1. 29.	《한국문학》(1966. 6. 여름)
식모	1966. 2. 11.	신문에 발표. 게재지 미상.('예술시단')
풀의 영상	1966. 3. 7.	《한국문학》(1966. 9. 가을), 《한국일보》(1966. 10. 9.)
엔카운터 지(誌)	1966. 4. 5.	《한국문학》(1966. 9. 가을)
전화 이야기	1966. 6. 14.	《한국문학》(1966. 9. 가을)
태백산맥		《주간한국》(1966. 8. 16.)

제 목	탈고일	게재지
설사의 알리바이	1966. 8. 23.	《문학》6호(1966. 10.)
금성라디오	1966. 9. 15.	《신동아》(1966. 11.)
도적	1966. 10. 8.	《세대》(1966. 11.)
네 얼굴은	1966. 12. 22.	《창작과 비평》(1969. 여름)
판문점의 감상	1966	《경향신문》(1966. 12. 30.)
VOGUE야	1967. 2.	《창작과 비평》(1969. 여름)
사랑의 변주곡	1967. 2. 15.	《현대문학》(1968. 8.)
거짓말의 여운 속에서	1967. 3. 20.	《창작과 비평》(1969. 여름)
꽃잎	1967. 5. 2- 5. 30.	초판에는「꽃잎 1」「꽃잎 2」「꽃잎3」 세 편 으로 수록되었으나《현대문학》(1967. 7.) 에「꽃잎 1, 2, 3」한 편으로 발표
여름밤	1967. 7. 27.	《세대》(1967. 9.)
미농인찰지(美濃印札紙)	1967. 8. 15.	
세계일주	1967. 9. 20.	《현대문학》(1968. 4.)
라디오 계(界)	1967. 12. 5.	
먼지	1967. 12. 15.	《현대문학》(1968. 4.)
미인	1967. 12.	
성	1968. 1. 19.	《창작과 비평》(1968. 8. 가을)
원효대사	1968. 3. 1.	《창작과 비평》(1968. 8. 가을)
의자가 많아서 걸린다	1968. 4. 23.	《사상계》(1968. 7.)
풀	1968. 5. 29.	《현대문학》(1968. 8.)

1921년(1세)

11월 27일(음력 10월 28일) 서울 종로2가 58-1에서 아버지 김태욱(金泰旭)과 어머니 안형순(安亨順) 사이의 8남매 중 장남으로 태어나다. 증조부 김정흡(金貞洽)은 종4품 무관으로 용양위(龍驤衛) 부사과(副司果)를 지냈으며, 할아버지 김희종(金喜鍾)은 정3품 통정대부(通政大夫) 중추의관(中樞議官)을 지냈다. 당시만 해도 집안은 부유했던 편으로, 경기도의 파주, 문산, 김포와 강원도의 홍천 등지에 상당한 토지를 소유하고 있어서 연 500석 이상의 추수를 했다. 그러나 김수영(金洙暎)이 태어났을 때는, 일제가 조선 지배 정책의 일환으로 실시한 조선 토지 조사 사업의 여파로 인해 가세가 급격히 기울어지기 시작하여, 종로6가 116번지로 이사한다. 김수영의 아버지는 그곳에서 지전상(紙廛商)을 경영한다.

1924년(4세)

조양(朝陽) 유치원에 들어간다.

1926년(6세)

이웃에 사는 고광호(高光浩)와 함께 계명서당(啓明書堂)에 다닌다.

1928년(8세)

어의동(於義洞) 공립보통학교(현 효제초등학교)에 들어간다.

1934년(14세)

보통학교 6년 동안 줄곧 성적이 뛰어났으나 9월, 가을 운동회를 마치고 난 뒤 장질부사에 걸린다. 폐렴과 뇌막염까지 앓게 되었고, 이로 인해 서너 달 동안 등교하지 못함은 물론 졸업식에도 참석하지 못하고 진학 시험도 치르지 못한다. 1년여 요양 생활을 계속한다. 그 사이 집안은 다시 용두동(龍頭洞)으로 이사한다.

1935년(15세)

간신히 건강을 회복하여 경기도립상고보(京畿道立商高普)에 아버지의 강권으로 응시하나 불합격한다. 2차로 선린상업학교(善隣商業學校)에 응시하나 역시 불합격한다. 결국 선린상업학교 전수부(專修部, 야간)에 들어간다.

1938년(18세)

선린상업학교 전수부를 졸업하고 본과(주간) 2학년으로 진학한다.

1940년(20세)

용두동의 집을 줄여 다시 현저동(峴底洞)으로 이사한다.

1941년(21세)

태평양전쟁이 발발한다.

1942년(22세)

영어와 주산, 상업미술 등에서 우수한 성적을 거두며 선린상업학교를 졸업한다. 이후 일본 유학차 도쿄로 건너간다. 선린상업학교 선배였던 이종구(李鍾求: 영문학자)와 함께 도쿄 나카노(中野區街吉町54)에 하숙하며 대학입시 준비를 위해 조후쿠[城北] 고등예비학교에 들어간다. 그러나 어떤 까닭에서였는지 곧 조후쿠 고등예비학교를 그만두고 쓰키지[築地] 소극장의 창립 멤버였던 미즈시나 하루키[水品春樹] 연극연구소에 들어가 연출 수업을 받는다.

1943년(23세)

태평양전쟁으로 서울 시민의 생활이 극도로 어려워지자 집안이 만주 길림성(吉林省)으로 이주한다.

1944년(24세)

2월 초, 김수영은 조선학병(朝鮮學兵) 징집을 피해 귀국하여 종로6가 고모집에서 머문다. 쓰키지 소극장 출신이며 미즈시나에게 사사받은 안영일(安英一)을 찾아간다. 안영일은 당시 서울 연극계를 주도하고 있었고, 김수영은 한동안 그의 밑에서 조연출을 맡았던 듯하다. 겨울, 가족들이 있는 만주 길림성으로 떠난다. 그곳에서 길림극예술연구회 회원으로 있던 임헌태, 오해석 등과 만난다. 그들은 그때 조선, 일본, 중국의 세 민족이 참가하는 길림성예능협회 주최의 춘계 예능대회에 올릴 작품(연극) 준비를 하고 있었다.

1945년(25세)

6월, 길림 공회당에서 「춘수(春水)와 함께」라는 3막극을 상연한다. 김수영은 이 작품에서 권 신부 역을 맡는다. 8월 15일, 광복. 9월, 김수영 가족은 길림역에서 무개차를 타고 압록강을 건너 평안북도 개천까지, 개천에서 트럭을 타고 평양으로, 평양에서 열차를 타고 서울에 도착하여 종로6가의 고모집으로 간다. 서너 달 뒤 충무로4가로 집을 구해 옮겨간다. 시 「묘정(廟庭)의 노래」를 《예술부락(藝術部落)》에 발표. 이 작품의 발표를 계기로 연극에서 문학으로 전향한다. 아버지의 병세가 악화되어, 어머니가 집안 살림을 도맡기 시작한다. 11월 연희전문 영문과에 편입했다.

1946~1948년(26~28세)

1946년 6월 연세대 영문과를 자퇴하고, 이종구와 함께 성북영어학원에서 강사, 박일영과 함께 간판 그리기, ECA통역 등을 잠깐씩 한다. 김병욱, 박인환, 양병식, 김경린, 임호권, 김경희 등과 친교. 그들은 곧 〈신시론(新詩論) 동인〉을 결성하고, 동인지를 내려고 작품(시)을 모았다. 그러나 김병욱과 김경린의 주도권 다툼으로(이것은 해방 공간의 좌우 대립과 관련된 것이었다) 김병욱, 김경희가 탈퇴하고, 김수영도 탈퇴하려 하나 임호권의 만류로 남는다. 이 시기, 김수영은 신시론 동인 외에도 배인철, 이봉구, 박태진, 박기준, 김기림, 조병화, 김윤성, 이한직, 김광균 등 많은 문인들과 만남을 가지며, 임화를 존경하여 그가 낸 청량리 사무실에서 외국 잡지 번역을 하기도 한다.

1949년(29세)

김현경(金顯敬)과 결혼, 돈암동에 신혼 살림을 차린다.

1950년(30세)

서울대 의대 부속 간호학교에 영어 강사로 출강한다. 6월 25일, 한국전쟁 발발. 28일, 서울이 이미 점령되고, 월북했던 임화, 김남천, 안회남 등이 서울로 돌아와 종로2가 한청 빌딩에 조선문학가동맹 사무실을 연다. 김수영은 김병욱의 권유로 문학가동맹에 나갔고, 8월 3일 의용군에 강제 동원되어, 평남 개천군 북원리의 훈련소로 끌려가 1개월간 군사 훈련을 받는다. 9월 28일 훈련소를 탈출했으나 중서면에서 체포, 10월 11일 다시 탈출, 순천에서 미군 통행증을 받아 걸어서 평양을 거쳐 신막까지 내려와 미군 트럭을 타고 개성을 거쳐 서울 서대문에 10월 28일 오후 여섯 시경 도착. 서울 충무로의 집 근처까지 걸어갔으나 경찰에 체포당해, 부산의 거제리 포로수용소에 11월 11일 수용된다. 거제리 14 야전병원에서 브라우닝 대위와 임 간호사를 만나 마음의 안식을 얻다. 거제도 포로수용소에로 얼마간 이송되었으나 다시 거제리로 돌아오다. 12월 26일, 가족들은 경기도 화성군 조암리(朝巖里)로 피난한다. 12월 28일, 피난지에서 장남 준(儁)이 태어난다.

1951~1952년(31~32세)

이때 미 군의관 피스위치와 가깝게 지냈으며, 그에게서《타임》,《라이프》지 등을 받아보게 된다. 1952년 11월 28일 충남 온양의 국립구호병원에서 200여명의 민간인 억류자의 한 명으로 석방.

1953년(33세)

부산으로 간다. 가서 박인환, 조병화, 김규동, 박연희, 김중희, 김종문, 김종삼, 박태진 등과 재회.《자유세계》편집장이었던 박연희의 청탁으로,「조국에 돌아오신 상병(傷病) 포로동지들에게」를 썼으나 발표하지 않는다. 박태진의 주선으로 미 8군 수송관의 통역관으로 취직하지만 곧 그만두고 모교인 선린상업학교 영어 교사를 잠시 지낸다.

1954년(34세)

서울로 돌아온다. 주간《태평양》에 근무. 신당동에서 다른 가족과 함께 살다가,

피난지에서 아내가 돌아오자 성북동에 분가를 해 나간다.

1955~1956년(35~36세)

《평화신문사》 문화부 차장으로 6개월가량 근무. 1955년 6월, 마포 구수동(舊水洞)으로 이사, 번역일을 하며 집에서 양계를 한다. 한강이 내려다보이고 채마밭으로 둘러싸인 구수동 집은 전쟁을 겪으면서 지친 김수영의 몸과 마음에 큰 안정을 가져다준다. 「여름뜰」, 「여름아침」, 「눈」 등은 그런 배경 속에서 쓰였다. 안수길, 김이석, 유정, 김중희, 최정희 등과 가까이 지낸다.

1957년(37세)

김종문, 이인석, 김춘수, 김경린, 김규동 등과 묶은 앤솔로지 『평화에의 증언』에 「폭포」 등 5편의 시를 발표한다. 12월, 제1회 〈한국시인협회상〉 수상.

1958년(38세)

6월 12일, 차남 우(瑀)가 태어난다.

1959년(39세)

그간 발표했던 작품들을 모아 첫 시집 『달나라의 장난』을 춘조사(春潮社)에서 출간한다(시인 장만영이 경영했던 춘조사에서 〈오늘의 시인 선집〉 제1권으로 기획한 것이다).

1960년(40세)

4월 19일, 4·19혁명이 일어난다. 김수영은 「하…… 그림자가 없다」, 「우선 그놈의 사진을 떼어서 밑씻개로 하자」, 「기도」, 「육법전서와 혁명」, 「푸른 하늘은」, 「만시지탄(晚時之歎)은 있지만」, 「나는 아리조나 카보이야」, 「거미잡이」, 「가다오 나가다오」, 「중용에 대하여」, 「허튼소리」, 「피곤한 하루의 나머지 시간」, 「그 방을 생각하며」, 「나가타 겐지로」 등을 열정적으로 쓰고 발표한다. 그는 활화산처럼 터져나오는 혁명의 열기와 보폭을 같이하면서, 규범적 의미의 시를 부정하고, 시를 넘어서 자유에 이르고자 했다.

1961년(41세)
5·16군사 쿠데타 발발. 김춘수, 박경리, 이어령, 유중호 등과 함께 현임사에서 간행한 계간 문학지《한국문학》에 참여하고 동지에 시와 시작(詩作) 노트를 계속 발표한다. 이 무렵 김수영은 일본 이와나미 문고에서 나온 하이데거의『횔덜린의 시와 본질』을 읽었던 듯하다.

1965년(45세)
6·3한일협정 반대시위에 동조하여 박두진, 조지훈, 안수길, 박남수, 박경리 등과 함께 성명서에 서명한다. 신동문과 친교.

1968년(48세)
《사상계》1월호에 발표했던 평론「지식인의 사회참여」를 발단으로,《조선일보》지상을 통하여 이어령과 뜨거운 논쟁을 3회에 걸쳐 주고받는다. 이 논쟁은 문학계에 큰 반향을 불러일으킨다. 4월, 부산에서 열린 펜클럽 주최 문학세미나에서「시여 침을 뱉어라」라는 제목으로 주제 발표. 서울로 돌아오는 길에 경주에 들러 청마 유치환의 시비를 찾는다.
6월 15일, 밤 11시 10분경 귀가하던 길에 구수동 집 근처에서 버스에 부딪힌다. 서대문에 있는 적십자병원에 이송되어 응급치료를 받았으나 의식을 회복하지 못하고 다음 날 아침 8시 50분에 숨을 거둔다. 6월 18일, 예총회관 광장에서 문인장(文人葬)으로 장례를 치르고, 서울 도봉동에 있는 선영(先塋)에 안장된다.

1969년
6월, 사망 1주기를 맞아 문우와 친지들에 의해 묘 앞에 시비(詩碑)가 세워진다.

1974년
9월, 시선집『거대한 뿌리』출간(민음사).

1975년
6월, 산문선집『시여, 침을 뱉어라』출간(민음사).

1976년

8월, 시선집『달의 행로를 밟을지라도』출간(민음사). 산문선집『퓨리턴의 초상』출간(민음사).

1981년

6월,『김수영 시선』출간(지식산업사). 9월,『김수영 전집 1 ─ 시』,『김수영 전집 2 ─ 산문』출간(민음사). 전집 출간을 계기로〈김수영 문학상〉을 제정하고, 김수영이 태어난 날인 11월 27일에 제1회〈김수영 문학상〉시상식을 갖는다.

1988년

6월, 시선집『사랑의 변주곡』출간(창작과비평사).

1991년

4월, 시비를 도봉산 국립공원 안 도봉서원 앞으로 옮긴다.

2001년

9월, 최하림이 쓴『김수영 평전』출간(실천문학사). 10월 20일,〈금관 문화훈장〉을 추서받는다.

2003년

『김수영 전집 1, 2』개정판 출간(민음사).

2009년

『김수영 육필시고 전집』출간(민음사).
일본어 역『김수영 전시집』출간(채류사).

2012년

『김수영 사전』출간(서정시학사).

2013년

11월, 김수영문학관 개관.

2016년

김수영 시선집 『꽃잎』 출간(민음사).

2018년

2월, 『김수영 전집 1, 2』 사후 50년 결정판 출간(민음사).

5월, 『달나라의 장난』 사후 50년 기념 초판 복간본 출간(민음사).

8월 31일, 입학 73년 만에 연세대학교 명예 졸업장을 받는다.

엮은이	
이영준	경남 울주에서 태어났다. 연세대학교 국어국문학과를 졸업하고 민음사 편집부에 입사해 편집장, 편집주간으로 일했다. 1997년에 도미, 뉴욕대학교 비교문학과 방문학자로 있다 이듬해 하버드대학교 동아시아문명학과에 입학, 김수영 연구로 2006년 박사학위를 받았다. 버클리의 캘리포니아대학교, 하버드대학교, 어바나샴페인의 일리노이대학교에서 한국 문학을 가르쳤으며, 2007년부터 하버드대학교 한국학연구소에서 발간하는 영문 문예지 《AZALEA》 편집장으로 활동하며 영어권 독자들에게 한국 문학을 소개하고 있다. 2011년 귀국, 현재 경희대학교 서울캠퍼스 후마니타스칼리지 학장 겸 교양교육연구소장으로 재직 중이며 한국연구원 이사장이다. 『김수영 육필시고 전집』(민음사, 2009) 김수영 시선집 『꽃잎』(민음사, 2016)을 편집해 발간했으며, "Howling Plants and Animals"(*Harvard Journal of Asiatic Studies*, 2012), "Sovereignty in the Silence of Language: The Political Vision of Kim Suyoung's Poetry"(*Acta Koreana*, 2015) 「꽃의 시학: 김수영 시에 나타난 꽃 이미지와 언어의 주권」 등의 논문과 한국 문학에 대한 다수의 평문을 발표했다.

김수영 전집 1

시

1판 1쇄 펴냄	1981년 9월 30일
2판 1쇄 펴냄	2003년 6월 25일
3판 1쇄 펴냄	2018년 2월 26일
3판 13쇄 펴냄	2023년 9월 18일

엮은이	이영준
발행인	박근섭, 박상준
펴낸곳	(주) **민음사**

출판등록	1966. 5. 19. 제16-490호
주소	서울시 강남구 도산대로1길 62(신사동)
	강남출판문화센터 5층 (우편번호 06027)
대표전화	02-515-2000 ǀ 팩시밀리 02-515-2007
홈페이지	www.minumsa.com

© 김수명, 1981, 2003, 2018. Printed in Seoul, Korea

ISBN 978-89-374-0714-7 (04810)

ISBN 978-89-374-0713-0 (세트)